DE DANSENDE KATER

Van dezelfde auteur

Op Scheveningen (verhalen, 1988)
Olijfje en andere verhalen (1989)
Het lied en de waarheid (roman, 1997)

Helga Ruebsamen

De dansende kater

PANDORA

Pandora Pockets maakt deel uit van Uitgeverij Contact

Omslagontwerp Jos Peters, Huizen
Beeldcompositie Jos Peters
Foto auteur Ronald Hoeben
NUGI 300
ISBN 90 254 9916 3

Inhoud

Pension Rida

Als de badgasten komen ga ik logeren in Scheveningen, zogenaamd om tante Rita te helpen, maar natuurlijk in het geheim voor oom Daan. Mama heeft niets in de gaten, hoewel ze toch erg bijdehand is, maar sinds haar nieuwe vriend Rinus bij ons is ingetrokken heeft ze het gelukkig te druk met hem om op mij te letten.

Ze moet er zelfs een beetje om lachen dat ik in de vakanties niet meer met haar en Rinus op reis wil naar Barbados of de Seychellen of nou ja, noem maar op, ergens heen waar zij denken dat het leuk is.

De wintersport had ik nog in alle onschuld laten schieten, vorige kerst. Toen hoefde ik niet eens een goede smoes te verzinnen, want mijn voet was echt gekneusd, Rebel was er per ongeluk bovenop gaan staan toen ik zijn staart vlocht. Door die stomme blessure is mijn hele bestaan veranderd. Ten goede.

Ik zou gek zijn als ik me nu nog liet meeslepen op saaie vakantiereizen, het komt toch altijd allemaal op hetzelfde neer, waarheen de reis ook voert. Het maakt in feite geen enkel verschil met hier thuis in Wassenaar: allemaal natuur om je heen en dus niets te beleven. Ik lach maar wat als mama me plagend een huismusje noemt en ik geef geen antwoord als zij wil weten waarom ik in hemelsnaam al mijn mooiste kleren meeneem naar dat treurige pension van haar zielige zus en getikte broer.

Dat treurige pension is voor mij nu de spannendste plek op aarde. Ik heb mij daar trouwens nooit verveeld, ook als klein kind al niet, dus dat zegt wel wat. Vroeger was het al spannend, toen ik er ging logeren bij oma, toen het ook al een spookhuis was.

’s Nachts als ik in bed lag hoorde ik in zee de verdronkenen lispelen ‘kom bij ons, kom bij ons’ en als het stormde gingen ze als brullende gekken tekeer, dan moest een sterveling zich niet buiten wagen en al helemaal niet op het strand, want dan werd hij gegrepen.

Bij mist rolden de verloren zielen aan land om als nevels rond te waren, smekend om verlossing dwaalden ze door de duinen, kropen langs onze vensterbanken omhoog en bleven huiverend voor de ramen hangen. Ik wist nooit of ze dan bij ons naar binnen wilden of dat wij naar buiten moesten en toen ik een keer vroeg aan oma, wat willen geesten nou eigenlijk, antwoordde ze: ze willen dat alles altijd zo blijft als het is.

Maar de dingen blijven niet zoals ze zijn. Oma’s grote, geheimzinnige huis is een pension geworden.

Zou ze het weten, dan keerde ze zich om in haar graf, zegt mama.

Maar dat is niet waar. Oma hoeft zich niet in haar graf om te draaien, ze sluipt nog gewoon rond door haar huis.

Het huis staat in een straat die steeds verandert, net als de zee vlakbij, maar dan nog fantastischer. De vlottende bevolking van een badplaats stroomt door onze straat, de meeste grote oude huizen zijn pension geworden, daarom hebben ze altijd wisselende gezichten, net als de gasten. Soms zien de huizen eruit als een deftige bejaardensociëteit en soms als een bordeel, zegt oom Daan, dan weer doen ze zich voor als een sportclub, dan weer zijn ze een tempel voor zonaanbidders.

Als de gordijnen hardnekkig dicht blijven en de zon de hele dag wordt geweerd zijn er nachtuilen en vleermuizen binnen, de danseressen en muzikanten uit de nachtclubs rondom.

De vaste bewoners van de huizen laten zich 's zomers overdag ook niet zien. Zij hebben hun plaats afgestaan aan vreemdelingen en ze zijn verdwenen in kasten en kieren of ondergronds gegaan, zoals tante Rita, oom Daan en ook ik. De vaste bewoners van een badplaats behoren 's zomers toe aan de nacht. De avondschemer brengt ze op de been, als in het verhaal over graaf Dracula. Je ziet bleke mensen schuwe, snelle ommetjes maken, rondspiedend: hoe vergaat het de anderen in hun pensions, vergaat het hun beter dan ons? Veel tijd voor zulke ommetjes hebben ze niet, want 's nachts als de gasten slapen moeten zij werken, zonder gerucht.

Zij boenen en poetsen. Bij het krieken van de ochtend haasten ze zich naar de markt. Tegelijk met de eerste zonnestralen keren ze uitgeput terug, sjouwend met enorme hoeveelheden etenswaar. Ze zullen even enorme hoeveelheden afval in het holst van de volgende nacht weer aan de rand van de stoep zetten.

Door deze straat trekt 's zomers elke dag een verse, witte meute die na zonsondergang terugwaggelt, rood als gekookte kreeft. De straat is 's zomers dag en nacht gepavoiseerd, als vlaggen en vaandels garneren strandlakens en stukjes badgoed de vensters en de balkons.

Stil wordt het er nooit, vanaf het donker tot aan het licht kunnen wij horen hoe de badgasten op straat voetballen met lege bierblikjes en vergeten vuilnisemmers, wij horen gillend gelach en overmoedig geschreeuw, de dieselauto's van het taxibedrijf rijden af en aan en hun geronk wordt iedere keer onverwacht maar toch strijk-enzet onderbroken en weggevaagd door sirenes en andere alarmsignalen. Sirenes voeren altijd de boventoon in onze badplaatsmuziek.

In de winter gaan de deuren en de ramen van de pensions dicht en de balkonnetjes zijn weer kaal, maar soms staren achter de door regen of vorst beslagen vensterruiten exotische gezichten die van schaduw houden en die de tinten hebben van het oosters palet, van chamois tot ebbenhout.

Voordat de badgasten komen telt tante Rita eerst de eierlepeltjes na en dan haalt ze zuchtend de twee levensgrote schilderijen van de muur waar oma op staat. Op het ene schilderij zit oma aan de vleugel, met in haar blauwzwarte haar spierwitte bloemen, zodat niemand merkte hoe vroeg ze al grijs werd, op het andere zit ze te paard in de dameszit, toen was ze nog heel jong en volgens iedereen lijkt ze daar sprekend op mij.

Wij hebben hetzelfde blauwzwarte haar en dezelfde onwijs lichte, helblauwe ogen, maar voor de rest heeft oma daar een boezem die door onze hulp Hassan eens 'woelps en wielderig' is genoemd, wat hem op een zachtzinnige reprimande van oom Daan is komen te staan, 'praat ik op die manier over jouw moeder, Hassan? nou dan', maar het is wel waar wat Hassan zei en bovendien zie je overduidelijk hoe oma ermee zit te pralen. Ik zou zo iets niet in mijn hoofd halen, maar ik ben dan ook zo dun als een lat. Rank als een twijgje, glad als een elfje, spannend als een jongetje of wordt het toch nog een meisje, mon amie Nane? Dat is wat oom Daan zei. Mama vindt hem een slome. Hij is te lang blijven hangen aan moeders rokken, zegt ze, hij kon zo'n korte studie als de rechtenstudie nog niet eens afmaken omdat hij om de haverklap met hangende pootjes uit Leiden weer aan kwam kakken bij oma, 'niet alleen vanwege mama's briljante tafelconversatie,' vertelt tante Rita vertederd, 'maar natuurlijk ook, omdat geen hospita de kookkunst van ons Maatje kon evenaren. Zelfs een simpele gehaktbal toverde zij om tot een delicatesse.'

'Wat zeg je dat mooi, Rita, zelfs een simpele gehaktbal toverde zij om tot een delicatesse,' herhaalt oom Daan met brede gebaren alsof hij een koor dirigeert. Tante Rita steekt onmiddellijk een sigaret in haar mond, hoewel er meestal nog een ligt te smeulen op het asbakje dat zij overal met zich meevoert, ze knipt de sigaret aan met de weer-en-wind-zippo die zij altijd in haar schortzak heeft en ze zegt: 'Lieverds, kan ik nog wat voor jullie doen?' Bijna snauwend omdat ze ontroerd is door oom Daans compliment of door de herinnering aan oma.

Als de badgasten komen moet tante Rita zich vermannen om de schilderijen van oma naar de kelder te brengen, niet omdat ze zo loodzwaar zijn, maar omdat ze het nog steeds beschouwt als 'een capitulatie', zoals ze dat noemt. Vaak roept ze: 'Ik ben langzamerhand toch oud en wijs genoeg om zélf te bepalen hoe ik wil leven. En als ik nou schik heb in mijn pensionnetje van braadboter en huishoudjam? Verdorie, als ik nou nog iets anders kon. Maar ze heeft me zelf thuis gehouden zodat ik haar boeltje kon ruimen!'

Niemand valt tante Rita bij, eerder zullen mama en oom Daan weer somber mompelen: 'Ze draait zich om in haar graf.'

Oom Daan heeft afgelopen paasvakantie voor het eerst geweigerd om een poot naar de schilderijen uit te steken.

Hoe zou hij dit verklaren? vroeg ik me af.

'In deze kelder hebben zich dingen afgespeeld *en zullen zich dingen afspelen*, die niet bestemd zijn voor andermans ogen.'

Maar voor oma's ogen juist wel hoor, had ik kunnen zeggen, maar het hoefde niet, want oom Daan draaide eromheen, wat ik ook eigenlijk wel had verwacht.

'De vleugel hoeft toch ook niet naar beneden,' zeurde hij. Sloompie.

De kamer waarin oma's vleugel staat wordt 's zomers toch meestal afgesloten, behalve als tante Rita voor beschaafde gasten een muzikaal onderonsje geeft, wat ze doet als ze de kans krijgt, maar vaak is dat niet, want beschaafde gasten raken hier niet verzeild en als ze hier al eens verdwalen, dan maken ze meestal meteen rechtsomkeert.

Er komen rare vogels en vrijbuiters af op Pension Rida vanwege de lage prijzen. Maar tante Rita weigert meer geld te vragen, want dat vindt ze zo ordinair.

'Laat mama nu maar boven hangen,' bromde oom Daan.

'Geen sprake van,' kefte tante Rita, bits voor haar doen. 'Mama wil niet tussen vreemde gasten, dat weet je wel, Daan. Dat kunnen wij haar niet aandoen, dat heeft mama niet aan ons verdiend. Ze heeft alles opgeofferd voor ons.'

Tante Rita keek er zo sip en schuldig bij dat zelfs ik eventjes dacht van goh, wat erg nu dat wij niet veel zaaks zijn terwijl Iemand als Oma zich voor ons, zo'n soepzootje, heeft opgeofferd... maar toen dacht ik er tot mijn grote opluchting meteen achteraan, nou, dat moest oma toch zeker zelf weten? Ik voor mij had trouwens liever een beroemde oma gehad, dan hadden we immers die schilderijen kunnen aanbieden aan het Metropolitan Museum, in plaats van ze op en neer te zeulen van de salon naar de kelder en weerom.

Ik vermoed dat oom Daan het vreselijk vindt dat oma ons in de kelder kan gadeslaan, al is het maar vanaf een schilderij. Ik zou hem aan zijn verstand moeten brengen dat oma onze verbintenis juist goedkeurt en aanmoedigt: 'Iemand moet zich toch ontfermen over mijn hulpeloze zoon, die de liefde anders nooit zal leren kennen. Neem hem in je armen, kleintje,' zo spreekt oma tot mij, erewoord. Oom Daan zou raar opkijken als ik zou vertellen dat zij mij ook steeds influistert wat ik nu weer verder moet doen tijdens onze omhelzingen, want ja zeg, hoe zou ik dat anders moeten weten?

Oom Daan begint na zonsondergang te drinken, niet heftig en spectaculair, maar behoedzaam en veel. Als de nacht valt, dan valt ook oom Daan langzaam om op de divan waarop hij uren heeft zitten nippen aan een glaasje dat steeds geruisloos wordt volgeschonken, door hemzelf natuurlijk, maar alsof zijn hand die van iemand anders is die elke keer op het juiste ogenblik vanuit het duister te voorschijn schiet om hem te bedienen. Oom Daan heeft altijd brandschone manchetten en hij draagt gouden, zilveren of geëmailleerde manchetknopen, al naar gelang zijn stemming of het uur van de dag. Wit of blauw voor de ochtend, geel en brons voor de middag en de herfst, zilver voor de winteravonden en goud voor de zomernachten.

Hij staat zich urenlang aan te kleden, in zichzelf hummend en voor de spiegel draaiend, totdat tante Rita hem met kleine porretjes in de rug de trap op drijft. 'Wat denk je ervan, luiwammes, zo lang toilet maken, denk liever eens aan de behoeften van die arme hond.'

Tante Rita heeft oom Daan een hond gegeven, anders bewoog oom Daan helemaal nooit meer. Onze Detlev is een barzoi die de zoon is van een Cruftskampioen, een feit waar weinigen in de straat rekening mee wensen te houden als de beeldschone en zeer hoog op zijn poten staande reu niet eens tegen maar over hun tuinhekjes heen piest. Dus laat oom Daan de barzoi uit in de Rover 2.5 liter, het laatste model van Rover volgens oom Daan dat nog allure heeft, hij rijdt in de auto het stukje straat uit en zoekt honderd meter verderop een parkeerplaats, hetgeen in de zomer onmogelijk is dus dan rijden oom Daan en Det naar de binnenstad van Den Haag en slenteren over het schelpenpad van het Lange Voorhout en door de straatjes achter de Kloosterkerk, zij kuieren langs de bankjes op de Vijverberg, waar het hartje zomer rustig is en koel en waar oom Daan desnoods de hele dag op aangename wijze het moment kan afwachten waarop er weer plaats voor hem is op zijn eigen inrit, die 's zomers volstaat met motorfietsen, lelijke eenden en Volkswagenbusjes met vitrages voor de achterruit. Oom Daan en Det keren terug rond het uur van de avondmaaltijd, als Scheveningen is leeggestroomd alsof iemand op een grote fluit heeft geblazen. Tante Rita jaagt oom Daan voor zich uit naar de eetkamer, die zij grootscheeps het restaurant noemt. Ze moppert steevast: 'Waar ben je toch de hele dag gebleven? We hebben ons doodongerust gemaakt. En zeker niks gegeten, jullie twee!'

'O maar zeker wel,' vertelt oom Daan, 'Detlev en ik hebben elk een broodje Monchou van de Denneweg genuttigd en toen heb ik twee kroketjes gehaald bij Des Indes en o ja, ik had nog een harinkje vooraf bij Saur, water hadden we uit de pomp, wij zijn niets te kort gekomen, zus, als we een tentje hadden gehad of misschien liever nog een Volkswagentje met vitrage dan hadden we daar wel een week kunnen blijven.' Hij glimlacht dromerig voor zich uit.

'O, gekkie,' giechelt tante Rita en ze drukt haar hoofd even tegen zijn arm, 'je zou het nog doen ook, met zo'n woonautootje op stap.'

'Kwajonges en kwameides hè, dat zijn we gebleven,' zegt hij dan.

Dit zegt hij altijd heel melancholiek, alsof hij zou willen dat het waar was, en zijn ogen kijken zo treurig dat ik wel zeker weet van niet, het is helemaal niet waar, ze hebben van oma geen schijn van kans gekregen om kwajonges en kwameides te zijn. Oma was heerszuchtig en ijdel en iedereen moest naar haar pijpen dansen.

In de kelder hangen nog steeds oma's jurken. Er is een jurk bij, zegt tante Rita eerbiedig, van niemand minder dan Vionnet.

In de lade van een oude commode liggen haar haarkammen en broches, die zijn van Lalique. Ze liggen niet achter slot en grendel, maar niemand behalve ik mag er aankomen. Het zijn *museumstukken*.

De Poirets en de Vionnet heeft tante Rita in hoezen gedaan en ze hangen samen met oma's andere gewaden aan stalen rekken, die door de hele kelder lopen.

Van begin tot eind hangen de rekken vol, de meeste jurken zijn natuurlijk van oma, maar na haar dood zijn ook de spullen van vroeger van mama en tante Rita erbij geschoven.

Als je ertussendoor holt begint alles wat daar hangt te ruisen en te glimmen, er vaart nieuw leven in de lappen, ik voel hoe de japonnen hun armen naar me uitstrekken, draag ons, draag ons. 'Ooo, voorzichtig met de Vionnet, dat is een meesterstuk,' roept tante Rita als ze me bezig ziet en ik vraag haar wie de Vionnet anders nog eens zou moeten dragen als ik het niet doe? Het is trouwens een soort lelijk eendje, die jurk, eerst lijkt hij net op het afgestroopte vel van een Siamese poes, heel bleek en slapjes, dan trek ik dat enge ding over mijn hoofd aan en dan lijkt het net of ik in mijn eigen tweede huid stap die eigenlijk beter bij mij past dan die saaie die ik altijd al heb, want deze heeft gave stiekeme staartjes hier en bijna onzichtbare wonderlijke vinnen en waaiers daar, de jurk is als je hem aanhebt nog mooier dan een zwaan, misschien wel een soort zeemeermin.

Oma ziet mij graag in haar jurken, als teken van instemming blaast ze zachtjes in mijn oren.

Ze verdwijnt ogenblikkelijk als ik tante Rita's oude cowboylaarzen met het koperbeslag aantrek, maar ik vind die laarzen zo leuk en mams idiote petticoats en haar strapless 'cocktailjurken' ook.

Maar oma heeft daar geen goed woord voor over en zelf vinden mama en tante Rita er ook niets meer aan. Ze dwepen wel met de spulletjes van oma, maar eigenlijk ook niet van harte.

'Het is natuurlijk allemaal vergane glorie hoor,' zegt mama, alsof ze daar tevreden over is. 'Schoonheid onder spinrag en stof. Kunstwerkjes en filmsterkleren, waar nooit meer iemand naar omkijkt. We kunnen ze misschien beter weggooien of verkopen.'

'Vergane grandeur,' zucht oom Daan, 'dromen die nooit zijn uitgekomen, verwachtingen die zijn vervlogen, daar ga je geen geld voor vragen. En iets weggooien doe je maar als je nog eens moet vluchten.'

Zo staan ondertussen al die verledens in de kelder te verrotten en te vergaan, van oma, van mama, van tante Rita, oom Daan, straks misschien ook van mij.

Oom Daan beschrijft wel eens dat het is als bij een boom: 'De wortels vormen hetzelfde patroon als de takken, onder de grond bevindt zich het spiegelbeeld van de zichtbare werkelijkheid, behalve dat dit dus bij ons is omgekeerd, want het ondergrondse is voor ons zichtbaar en werkelijk en boven de grond moet je maar raden naar onze werkelijkheid en erover fantaseren wat je wilt, daar speelt de lieve Rita pensionnetje en daar spelen wij dat we echt bestaan.'

'Ik ben liever bij onze wortels,' zeg ik en ik kruip zodra ik de kans krijg tegen hem aan. Ik pluk stofjes van zijn grote gezicht. Hij heeft een vervallen Romeins keizershoofd. Ik heb plaatjes van de oude Romeinen in mijn schoolboeken, maar hun gebeeldhouwde hoofden zijn glad en strak en gewoon tiranniek, terwijl ik het juist zo mooi en zo spannend vind als de tiran naar je loert van uit zijn ineenstortende vesting!

Oom Daan is vaak droevig en moet dan worden getroost.

Om hem op te vrolijken deed ik vorige winter een museumstuk van oma in mijn haar, zo'n geval van Lalique met flamingo's, nou ja, het zijn eigenlijk een soort bleekblauwe hortensia's die ondersteboven kwijnend hangen aan roze stelen met verlepte bladeren, weet ik veel, maar toen ik het in had begon oom Daan te trillen en te glinsteren als een kerstboombal. Zijn wangen gloeiden en ineens ging hij stug naar de grond staan kijken, terwijl hij voor zich uit mompelde: 'Frappant, frappant, 't is bijna onplezant.' Toch hadden we toen nog niets met elkaar. De kersteend moest nog komen.

Maar natuurlijk zat hij ook voordat we echt wat hadden altijd wel een beetje aan me te frummelen en ook zogenaamd argeloos pluisjes van mij weg te plukken en heel vaak liet hij zijn vingers over al mijn rugwervels wandelen. Dan deed hij altijd net alsof hij het niet was die mij kietelde, maar iemand anders.

Na onze strandwandelingen poetste hij mijn voeten schoon met zijn zijden pochet. Hij deed er zo lang over dat mensen die eerst al waren langsgekomen en er niet veel aandacht aan hadden besteed, op de terugweg openlijk en verbluft bleven staan kijken, alsof ze iets onfatsoenlijks zagen: oom Daan was dan namelijk nog altijd ingespannen bezig mijn voeten te vertroetelen! Soms zat ik wel langer dan een halfuur vergenoegd neer te kijken op die dikke, mooie lobbes die voor mij lag neergeknield. Misschien is dat wel onfatsoenlijk volgens normale begrippen, maar voor normale begrippen moet je niet bij mij of bij mijn familie zijn, heb ik intussen geleerd.

Vorige Kerstmis vierden wij ondergronds. Er waren tot vreugde van tante Rita onverwacht gasten gekomen, een jarige professor met zijn vrouw en al hun kinderen en kleinkinderen, die het hele huis nodig hadden. Tante Rita had oom Daan en mij met zachte dwang naar beneden gedreven, naar onze nesten daar die groot zijn, onafzienbaar groot, want de hele kelder is als gewatteerd door al het reservebeddengoed dat er ligt opgestapeld of uitgespreid. In de zomer is er meestal wel ergens een koel plekje op een glad laken te vinden en in de winter zijn er bergen dekens van wol en van dons om warm in te blijven en om je in te verstoppen.

Omdat de wintergasten keurige mensen waren, vond Rita dat oma wel in de salon kon blijven. Zelf betrok ze haar hokje onder de trap. Het is afgeschut met een paardengordijn, waarachter haar veldbed, een boekenkast en een gammele lamp staan. Onder die trap zit tante Rita als een spin in haar web, maar dan een weldoende spin, die iedereen op zijn wenken bedient, ook Hassan en Saskia die eigenlijk personeel zijn. Een gast hoeft maar te kikken en tante Rita hobbelt erheen met haar dikke lijfje. Ze verbeeldt zich dat ze in haar hokje alles kan horen en zien, zodat ze ook 's nachts kan blijven zorgen dat alles op rolletjes gaat. Ze hoeft alleen maar het harige paardengordijn op te tillen, maar ze is bijna altijd te moe om nog een gordijn op te tillen.

Ze slaapt trouwens niet in de zomer. Misschien doet ze 's middags een dutje, wanneer oom Daan en ik luieren op ons bankje aan de Vijverberg, hij schijnbaar achteloos met zijn arm om mij heen, mijn blote arm strelend, zuchtend: 'Daar zitten we dan Naantjelief', op een toon alsof ik al even oud ben als hij.

Hij denkt ook dat ik net zo goed ben in Frans als hij, ik denk dat ik niet ouder was dan elf toen hij me in de kelder begon voor te lezen uit *Les Chansons de Bilitis*, uit het Grieks in het Frans vertaald door Pierre Louÿs, 'denk erom met een i-grec met puntjes ten behoeve van het pseudoniem van Pierre Louis, vind je dat niet grappig,' zei hij er altijd bij. Wat ik grappig vond was dat oom Daan steeds verderop schoof terwijl ik juist steeds dichter tegen hem aan kroop.

Ik heb in de kelder ook een eigen hokje, met een eigen deur, waarin oom Daan lang geleden luchtgaatjes heeft geboord in de vorm van bloemen, harten en zeehonden met klapstaarten, maar luchtgaatjes waren nooit echt nodig, want er zijn drie grote tuimelramen in de kelder, die uitkomen op roosters, die weer uitkomen in de tuin. Wij kunnen van hier uit, schuin naar boven kijkend, een heel stuk tuin zien. En de voetzolen van de mensen die het huis binnengaan. De luchtgaatjes had ik nooit nodig en de eigen deur en het hokje ook niet, want het was altijd al leuker op de pleisterplaatsen van oom Daan, die hij door de hele kelder heen heeft aangelegd van oude sofa's en matrassen, afgedankte divans en kussens, Perzische kleden en prachtige, oude wollen doeken uit Rusland en Portugal. Je kunt er in slaap vallen waar en wanneer je maar wilt en zo doet oom Daan dat ook. Ik volgde zijn voorbeeld al sinds hij mij is gaan voorlezen om mij talen te leren. Oom Daan lag dan ten slotte uitgeput bijna tegen de muur aan gedrukt, een met wandtapijten beklede muur, waar op sommige plaatsen, die vochtig zijn, fluwelen, beige rozen bloeien. Ik nestelde me onschuldig in zijn armen of in zijn knieholten, al naar het uitkwam.

Zolang hij nog niet genoeg had gedronken deed hij allerlei dingen, om me te ontwijken, dacht ik wel eens, maar misschien ook om het allemaal nog spannender te maken. Hij verzon van alles: hij ging telkens de tuimelramen een beetje openzetten of weer dicht, hij draaide de verwarmingen lager en hoger, hij tapte glaasjes water voor mij waar ik helemaal geen behoefte aan had en hij ging ook steeds op zoek naar rolletjes drop en pepermunt die nog hier en daar moesten liggen. Hij probeerde zelfs mij te leren schaken, wat ik oervervelend vond, maar ik ben er een tijdje in meegegaan om hem te plezieren, tot ik op een dag zei: 'Oom Daan, denkt u niet dat het echte leven toch nog meer mogelijkheden heeft dan schaken?' 'Wijsneus, ik zal je eens wat laten zien,' bromde oom Daan dan, maar meestal draaide het erop uit dat hij ondertussen toch weer zoveel had gedronken, dat hij genoeglijk boven mijn hoofd in slaap soesde, zijn hand in mijn haren.

Maar pas met Kerstmis vorig jaar was het eindelijk echt zover.

Tante Rita had een eend gebraden in roomboter, rode wijn en cognac-was-de-bedoeling, maar per ongeluk had zij de vieux genomen, geen scheutje maar minstens driekwart liter, want ze was zo geschrokken toen ze het verkeerde etiket zag dat ze de hele fles in de pan had laten leegklokken.

Misschien had nog niemand het gemerkt als tante Rita tijdens ons kerstdiner niet telkens had uitgeroepen, 'een eend in de vieux, dat kan toch helemaal niet goed gaan', waar zelfs oom Daan ten slotte zo knorrig van werd, dat hij tante Rita plotsklaps uitschold voor vieille tomate. 'Wat heb ik gezegd?' riep zij toen triomfantelijk.

Oom Daan daalde murw af naar beneden. Ik volgde hem. Het was hem bar te moede. Met losgemaakte broekriem zakte hij onderuit op een divan. Zijn hoofd was bietrood, zijn adem ging zo traag en hortend dat het mij verontrustte en opjaagde: voor hij stierf moest ik hem hebben. Met handen die zo dik en onbeholpen als wollen wanten waren probeerde hij tevergeefs allerlei knoopjes los te pulken, van zijn boordje, van zijn nog steeds onberispelijke manchetten. Monter klauterde ik boven op hem, drukte mijn knieën stevig tegen zijn benen aan, ik hielp hem met de knoopjes en blies ondertussen heel zachtjes zijn in zijn ogen vallende zwartgrijs gepluimde haren omhoog. Oom Daan was op dat moment nog aandoenlijker dan Rebel, zeker toen hij mij beleefd trachtte af te werpen door zijn zware benen moeizaam een voor een omhoog te heffen. Ik maakte er een spelletje van, hop paardje hop en schoof als een beginneling in het zadel op de bokkende en rollende oom Daan heen en weer. Er trok plotseling een soort floers over hem heen, krankzinnig, het was alsof iemand een gazen doek over hem had geworpen zodat hij daaronder pijlsnel kon uitbotten. Hij kwam geheel op krachten, hij werd een ander mens, hij groeide door het tovergaas heen en nam mij in een forse omarming met zich mee, nu waren wij samen en riepen om het hardst: 'A Paris à Paris sur un petit cheval gris.'

Daarna werd het natuurlijk nog spannender in de kelder met oom Daan. Ik zorgde er voortaan wel voor dat er steeds flessen sterke drank in de buurt stonden. Tante Rita bracht de flessen juist altijd zover mogelijk buiten bereik van oom Daan, maar ik wist waar zij ze verstopte en ik haalde ze terug naar hun plaats van bestemming.

Altijd als we de straat binnenrijden begint mama te miauwen. 'O, o, o, liefje,' zegt ze nu tegen Rinus en schudt hem bij zijn schouder, waarop Rinus zonder mankeren 'Godver klerewijf' schreeuwt, want het is de schouder van zijn Grote Motorongeluk en nog steeds moet iedereen weten dat daarmee een wereldkampioen in de 500cc klasse in de kiem werd gesmoord en mam kijkt hem fronsend aan en lispelt 'aanstelleritis', maar meteen daarop hervat ze haar gekerm: 'Kijk me die vervallen kermistent nou toch eens aan.

Ziedaar, ze hebben nog een lichtbak genomen ook.

Dat is toch om dood te gaan.

Pension Rida in scharlakenrood, waarom geen lampjes rondom de ramen, het ziet er toch al uit als een hoerenkast, dit is nu mijn ouderlijk huis, o, o, als mammie nog leefde...' Hierbij draait ze zich om naar mij en zegt hoofdschuddend: 'Als oma nog leefde dan spookte het hier dag en nacht.'

'Ik vind het niet verkeerd,' antwoordt Rinus onverschillig. Het gebeurt wel vaker, dat hij zegt wat ik denk. Mama is dan furieus, zo ook nu.

'Jij hebt geluk dat je mijn moeder niet meer hebt meegemaakt!' vaart ze tegen hem uit. 'Dat had trouwens ook helemaal niet gekund, want als je haar wel had meegemaakt had ze jou onverwijld de deur uit gebonjourd met je olieklauwen en je vetleren jekkertje.' De aderen in zijn nek beginnen vervaarlijk te zwellen, maar hij doet er het zwijgen toe. Ik vraag me zachtjes mompelend af of oma net als mama in extase was geraakt van zijn woeste borsthaar waarin de rits van dat jekkertje telkens vastloopt. 'Zei jij wat?' roept mama terwijl ze bijna uit elkaar ploft. Ik weet wel zeker dat oma de sterke verhalen van Rinus uit zijn tijd als taxichauffeur allerminst op prijs had gesteld, want het gaat alleen maar over ouwe lijken die oneerbare voorstellen doen, dat ze gekrikt willen worden bijvoorbeeld noemt Rinus dat en zulke dingen, maar daarvoor 'schiet mijn gevoel voor humor tekort' zou oma zeggen, terwijl mama zulke dingen juist met naam en toenaam van de ouwe lijken gierend van de lach doorvertelt op allerlei deftige partijtjes, waar dan iedereen zich gechoqueerd gaat staan te verslikken. Dat vergeet zij soms eventjes als zij ons weer eens bedreigt met Oma's Hoogstaande Opinies, die trouwens alleen in mama's brein bestaan, want ik weet natuurlijk wel beter. Maar ja, oma is dood en begraven en alleen haar geest waart rond in pension Rida.

'Wat een naam, Rida,' zegt oma. 'Dan was Duinlust nog beter geweest.'

Ik schrijf het op in mijn dagboek, dat ik altijd expres laat slingeren voor oom Daan, maar ik merk nooit dat hij erin heeft gelezen.

Maar verder heeft oma geen commentaar, dus voor zover ik een geest kan begrijpen denk ik dat ze vindt dat mama maar moet doen waar ze zin in heeft en tante Rita en oom Daan trouwens ook. En ik, niet te vergeten.

We staan voor het huis en mama zegt nog eens nadrukkelijk: 'Ik ben vol afgrijzen.' Maar ze rent als eerste de auto uit en staat op de stoep met gespreide armen tot, in een oogwenk, alsof ze het telepathisch heeft aangevoeld, tante Rita naar buiten dribbelt en die twee elkaar wurgend omhelzen, ten slotte met moeite loslaten, om elkaar dan van een afstandje te bestuderen. Ik geef toe dat ik, net als mama, soms ook wel eens denk: wat is er nu weer met tante Rita gebeurd? Er is namelijk altijd wel wat vreemds bij gekomen en zo lang ik haar nu ken is ze steeds minder gaan lijken op haar foto's van vroeger. Tante Rita was volgens die foto's zo mooi, dat je niet kon geloven dat zij in het echt heeft bestaan, maar daar is nu nog maar weinig van te bespeuren, alleen als je heel goed kijkt dan zie je haar eigen mooie, lieve gezicht zitten in een brede lijst glimmend en trillend vet.

Dan komt oom Daan naar buiten gewandeld, ook dik, maar ook mooi en vorstelijk, nonchalant in zijn dure gebreide vest, dat er gelukkig alweer pluizig en doorwoelbaar uitziet, zoals dat hoort bij oom Daan, hoe kostbaar kledij ook is, aan zijn lijf wordt alles meteen een pels. Ook oom Daan wordt elk jaar weer nog dikker en donziger, hij scheert zich ook niet meer zo precies, de sloddervos, over zijn Romeinse keizershoofd ligt een bijna donkerblauw waas, als we niet opletten gaat hij nog een baard nemen, zijn gezicht zal overwoekerd worden door golven en krullen, hij zal eruit gaan zien als een rechtop lopende schapendoes. Mijn knieën trillen te veel om de auto uit te stappen. Ik blijf even zitten om te voelen hoe goed hooggespannen verwachtingen zijn, ook als je precies weet wat er zal gebeuren.

Ik weet wat er zal gebeuren, omdat er niet nog meer kan gebeuren dan toen met de kerst. Of wel? Zou er nog meer zijn? Die vraag flitst wel eens als een elektrische schok door me heen.

Het is slecht weer, deze zomer. Als het niet regent dan is het bewolkt. Het zou net zo goed herfst kunnen zijn. Of een zachte winter. 'Kleine Nancy, komt er toch nog een zonnetje,' heeft oom Daan gezegd, terwijl hij met uitgestrekte armen op me af kwam gelopen. En daar is het tot nog toe bij gebleven. Ik had niet in de gaten dat hij zijn armen eigenlijk uitstrekte om mij op afstand te houden. Ik wilde hem om zijn hals vliegen en hem kusjes over zijn hele gezicht geven, maar hij hield mij op minstens een halve meter van hem vandaan. 'Toe,' zei hij, 'laat me eens goed naar je kijken, alweer mooier geworden.' En daarna liet hij me abrupt los en wandelde het huis binnen zonder verder boe of ba.

''t Is weer erger dan ooit met Daan,' zei tante Rita verdrietig tegen mama, 'hij is de hele dag met de hond op pad en 's avonds zit hij maar op een schaakbord te staren waar geeneens stukken op staan. Hij kijkt geen televisie, hij leest geen krant, hij merkt nauwelijks wat hij eet, geloof ik.'

'En de drank?' vroeg mama.

'Ja,' zuchtte tante Rita, 'dat is nog het gekste. Je zult het wel vreemd vinden, maar daarover maak ik me nog het meest ongerust, hij drinkt bijna niet meer.'

'O mijn God,' riep mama.

'Ik ga hem wel opvrolijken,' zei ik en rende naar binnen, meteen door naar de kelder, maar daar was het als uitgestorven. Naast het veldbedje van tante Rita staat nu een houten keukenstoel bij wijze van nachtkastje, met een ouderwetse wekker erop. Het getik van die wekker was het enige geluid in de kelder. Alle kleren van oma hingen er koud en gruwelijk bij, ik stoof er even doorheen om ze wakker te schudden, maar ze bleven levenloos, erger nog, het leek of ze al aan het vergaan waren, ze stonken en voelden slijmerig aan en ze jammerden heel zacht, met hun laatste krachten, om verlossing uit hun staat van ontbinding.

Oma zelf was nergens te bekennen.

Het tuimelraam waardoor je een stuk van de tuin kan zien was zwart van het spinrag. Ik moet daar al tamelijk lang hebben gestaan toen tante Rita de keldertrap af daalde met een overvolle wasmand. 'Ach Nancylief,' zei ze, 'kijk je hier rond naar een plekje? Maar er zijn bijna geen gasten met dit weer, dus je kunt heerlijk boven slapen, kom maar, er is zelfs een kamer vrij met uitzicht op zee.'

Gelukkig zag ik toen net op tijd, verloren geraakt in het landschap van lege sofa's en nutteloos beddengoed, het schaaktafeltje uit Toledo. Onaangeroerd sinds tijden staan er op het bord een paar stukken. Een stelling van

Paul Morphy. Oom Daan heeft in de kerstvakantie tevergeefs geprobeerd mij op de schoonheid van deze stelling te wijzen, maar toen interesseerden Paul Morphy en zijn stellingen mij geen barst.

Maar op dit moment kan ik me geen mooiere stelling voor ogen halen dan deze. Paul Morphy zal ons weer bij elkaar brengen.

Ik heb boeken uit de bibliotheek gehaald en weet nu meer dan me lief is over het schaakgenie Paul Morphy. Het enige leuke aan hem vind ik dat hij een schoenenfreak was, voor de rest heb ik echt moeite gedaan, maar ik heb geen hoofd voor schaken. Maar voor oom Daan heb ik alles over, dus heb ik avondenlang zitten blokken.

'Let op,' zeg ik en gnuivend kijk ik hem aan, want ik heb het zo vaak gerepeteerd dat ik het bord en de stukken niet eens meer hoef te zien om precies te weten hoe ik moet handelen, 'wat een mooi offer, oom, de zwarte dame neemt de loper.'

'Wie?' vraagt oom Daan verstrooid. Hij is eindelijk naar beneden gekomen. Ik moest lang aandringen en zeggen dat ik hem iets belangrijks en moois moest laten zien. Maar hij heeft zijn hoofd er niet bij, hij laat wel zijn vingers over al mijn rugwervels wandelen, ik kronkel als een slang die zich uit zijn mand laat lokken, maar hij kijkt niet naar mij, hij kijkt uit het raam.

'Paul Morphy natuurlijk,' zeg ik en leun zwaar tegen hem aan. Oom Daan blijft gewoon uit het raam kijken maar hij legt tenminste wel een arm om mij heen.

'Wie?' vraagt hij opnieuw en tot mijn verrassing vervolgt hij: 'Mata Hari misschien.' Hij ademt alweer hoorbaar, ik voel hem warm worden, uitdijen en naar mij toe komen en heel voorzichtig, alsof iemand anders het doet en niet ik, leg ik zijn handpalm op mijn borst en ga ik nog zwaarder tegen hem aan leunen, ten slotte gebruik ik al mijn kracht zodat hij wel op de sofa moet neervallen, samen met mij.

Op de sofa zitten we eerst nog stijfjes rechtop. Ik zie dat het tuimelraam is schoongemaakt, er zit geen spinrag meer voor, eigenlijk vind ik dat jammer want in een kelder behoort alleen bescheiden en mysterieus maanlicht naar binnen te vallen, het licht waarbij oom Daan tegen mij aan mompelde: mijn nachtdiertje, mijn vleermuisje, mijn spookaapje. Maar daarvoor is het hier nu veel te helder.

Het is een wolkeloze julimiddag, tante Rita en Hassan hebben vanochtend in de tuin een vloot witte tafeltjes neergezet met parasolletjes erboven, ik kan alleen de twee tafeltjes zien die op het terras staan waar ons raam op uitkijkt. Net als in een film komt er met lange passen plotseling een magere oude, maar tamelijk elegante vrouw ons blikveld binnen en zij zijgt zonder rond te kijken aan juist een van die terrastafeltjes neer. Terwijl ze in de hele tuin kan gaan zitten, omdat er verder toch niemand zit. Ze zit op het terras in de schaduw, maar dat schijnt ze juist te willen, ze heeft haar gezicht verborgen onder een grote hoed, die ze traag afzet, om dan met kwijnende gebaren al haar grijsblonde haren voor haar gezicht te schudden. Die vrouw is net een treurwilg.

Wij kunnen haar zien, maar ik weet eigenlijk niet of ze ons kan zien. Het is storend, zo'n pottenkijkster en ik verzamel al mijn kwade vermogens om haar weg te krijgen.

'Mens, rot op,' ontsnapt mij.

Ik kan mij meteen wel voor mijn kop slaan.

'Wat is er?' schrikt oom Daan.

De betovering is verbroken.

Ik tracht te redden wat er te redden valt. Ik schuif mijn hand in de zijne, die warm en klam is, ik druk mij helemaal tegen hem aan, ik wil de indringster ongevaarlijk maken door in zijn oor te fluisteren, 'ze heeft zich natuurlijk vergist, ze gaat zo wel weg hoor', want het is niet moeilijk te zien dat deze vrouw geen type is voor pension Rida. Het Kurhaus zou nog te min voor haar zijn.

'Dat is Maeve van Wees,' zegt oom Daan verbaasd.

Tante Rita, niet de altijd neuspeuterende slonzige Saskia of de behaagzieke Hassan, nee, tante Rita hoogst persoonlijk is naderbij gesneld met een dienblad. Door het tuimelraam kan ik mijn tante van hoofd tot voeten zien, buigend en knipmessend voor die graftak. Als een beginnende kelnerin uit een moppenblad staat tante Rita daar, verlegen wiegelend met haar walvisachtige gestalte, die aan alle kanten uit haar witte keukenschort puilt. Op het hellende dienblad schuift Campari heen en weer, naast oma's kristal. Tante Rita vond de gewone glazen, waar alle gasten uit drinken, zeker niet goed genoeg en ze heeft een duik in de kast van oma gedaan en het kristal te voorschijn gehaald, behalve een fonkelend kristallen glas staat er ook nog een kristallen schaal met ijsblokjes, zwenkend van links naar rechts. In deze schaal bevindt zich boven op de blokjes het zilveren ijsblokjestangetje, dat niemand meer heeft aangeroerd sinds oma dood is. Onze gasten graaien met hun klauwen in het ijs, als ze tenminste ijs nodig hebben, wat niet vaak het geval is, want de meesten drinken bier uit een blikje.

Tante Rita zet met de punt van haar tong uit de mond het blad neer, daarna, opgelucht omdat haar taak zonder ongelukken is volbracht, ratelt ze vrolijk: 'Ik heb het even nagezien, maar u kunt deze twee weken inderdaad beschikken over de bungalow.' Wat zij de bungalow noemt is gewoon achter in de tuin de oude tuinschuur, die is opgeknapt en opnieuw geverfd, dat wel, en waarin extra ramen gemaakt zijn en een Kentuckydeur, maar die sluit niet goed omdat het een binnendeur is en eigenlijk een buitendeur had moeten zijn.

Onze nieuwe gast zucht diep. 'Heerlijk,' zegt ze en ze rekt haar armen uit boven haar hoofd en strengelt in de lucht haar handen, die eruitzien als grote witte vlerken, ineen, 'precies wat ik nodig heb, zeelucht en afzondering.'

'U blijft maar zo lang als u wilt, hoor,' laat tante Rita zich plotseling met bijna ongepaste hartelijkheid ontvallen en ze buigt zich ver voorover met haar geweldige boezem, alsof ze de graftak daar tegenaan wil drukken. De elegante, treurige dame doet alsof ze zo dankbaar is voor zoveel goedgunstigheid dat ze van verlegenheid maar gauw een andere kant uit kijkt. Onze kant. Ik wed, dat dit doortrapte wezen heel goed onze belangstelling voelt, nou ja, de belangstelling van oom Daan. Het lijkt wel of ze tranen in haar ogen heeft. Ze laat haar sluike, asgrauwe haren voor haar gezicht vallen, ze zwaait de griezelige vacht met een bruusk gebaar weer manhaftig naar achteren, jekkes, wat een aanstelster. Ze zit dapper te glimlachen boven haar tranen, die nu precies als pareltjes op haar wangen liggen. Oom Daan en ik staan allebei tegelijk op van de sofa. Niets is natuurlijk meer mogelijk zolang er zo'n grienende geit naar je zit te gluren. Maar erger is, dat hij zo kordaat rechtop gaat staan alsof hij heel wat van plan is.

Hij kijkt ongelukkig naar mij, maar hij weet ook niet

wat hij moet zeggen. Hij verzint maar iets: ''t Is klaarlichte dag, Naantje, we moeten eruit.' Hij trekt aan mijn oorlelletje, alsof ik een klein kind ben. Even later aait hij nog bijna beledigend over mijn hoofd en plukt met zijn andere hand peinzend aan zijn dikke onderlip. Hij gaat er waardig vandoor.

'Ze lijkt op Meryl Streep,' roep ik hem zachtjes – zij hoeft het niet te horen – na.

Hij staat al bij de keldertrap, hij wrijft in zijn handen en zet zijn bijziende gezicht. 'Wie?'

'Laat maar,' zeg ik nukkig. Ik houd niet van Meryl Streep. Op de film al niet. Ze is een huilebalk. Maar nou hebben we zo'n huilebalk bij ons in de tuin.

Eerst dacht ik, die houdt het hier nog geen dag vol, maar we zijn al tien dagen verder en ze heeft zich stevig genesteld. Ze heeft alle twee haar koffers uitgepakt en een hele rij plooirokken en zijden blouses met lange mouwen in de kast gehangen. Het batikkleed dat over de eettafel lag heeft zij over het televisietoestel uitgespreid, wel zo verstandig want het toestel is toch maar zwart-wit, erbovenop staat nu een stel foto's in zilveren lijstjes. Er is er een bij van een mooie, maar stokoude vent en op die andere staan twee paarden met jachthonden erbij en volgens mij zit die vent op een paard en zij zelf op het andere paard, ze heeft handschoentjes aan en een knot in haar haar, ze is natuurlijk niets vergeleken bij oma te paard, maar treurig is ze daar ook niet.

Tante Rita beweert dat ze verdrietig en mensenschuw werd nadat er iets rampzaligs in haar leven gebeurde. Een ongelukkige liefde, denk ik. Ze mag op oma's piano spelen. Bij haar thuis staat ook een Bösendorfer, zei ze en barstte meteen weer in huilen uit. Het is wel te horen dat ze conservatorium heeft gedaan, ze schijnt vroeger zelfs luisterrijk te zijn opgetreden op zondagmiddagrecitals in Diligentia, waar tante Rita en oom Daan nog naar toe zijn geweest en waar ze nu niet over uitgepraat raken, maar naar die verhalen luister ik niet, want dat interesseert mij niet, dat is ook weer vergane glorie en daarvan hebben we zelf immers genoeg.

Als ze speelt schudt en zwaait ze met haar hoofd totdat alle speldjes uit haar haren zijn gevallen en dan houdt ze plotseling op. Ze maakt nooit iets af.

Haar handen zijn net bottige bleke schapen, pasgeschoren schapen die elkaar mankepotend achternazitten en vergeefs op elkaar proberen te klimmen, ik kan niet lang kijken naar die uitgeteerde, doorschijnende handen van haar die elkaar net nooit krijgen. Oom Daan zegt: 'Witte duiven strijken op de toetsen neer.' Vaak hoor je haar boven haar boterzacht uitgesmeerde Chopin gedempt snikken. Tante Rita en oom Daan staan klaar met zakdoekjes en hij natuurlijk met zijn zijden pochet.

Het is nu al zo ver dat ze quatre-mains spelen, zij en oom Daan. Hij slaat de bladzijden om, want ze doen net of ze die stukken niet uit hun hoofd kennen en dan raakt hij schijnbaar per ongeluk haar arm of haar borst aan en zij zit voortdurend met haar linkerschouder stompjes tegen zijn rechterarm te geven. Ze is een echte graftak, een kwijnende netel die overal steun zoekt. Als ze niet treurt op de piano, zit ze met al haar knoken geknakt in een luie stoel of ze ligt op een divan met haar benen omhoog of ze hangt aan de arm van oom Daan. Het mens kan niet overeind komen om een stap te verzetten of hij schiet behulpzaam toe. Hij reikt haar zijn hand en buigt erbij. Hij houdt de godganse dag met een glaasje water de wacht. Hij komt om de haverklap met pakken papieren zakdoekjes aangesneld, voor haar tranen, haar neusje, haar niesjes, ze niest namelijk net zo vaak als ze huilt. Dat niezen komt volgens Hassan van het snuiven. Ze is een broodmagere brekebeen maar ze moet toch zo nodig op paalhakken dus maakt ze schuivers op zelfs ons ongeboende parket en wie staat er dan toevallig altijd achter haar om haar bij de schonkige heupen op te vangen?

'Zou het niet heerlijk zijn als ze in een rolstoel zat, oom?' heb ik gisteren gevraagd. 'Dan kon u de hele dag duwen.' Hij keek mij geschrokken aan. 'Wat is er voor boosaardigs gevaren in mijn kleine Nane?' Ja, dat zal hij niet weten en als hij doet alsof hij het niet begrijpt dan ga ik het hem heus niet aan zijn achterlijke neus hangen. Het liefst zou ik roepen 'krijg de krampen kloteklapper krijg de kanker klootviool', zoals Saskia, onze hulp, laatst riep toen er een paar motorgasten overijld vertrokken. Ze was de avond tevoren met ze gaan stappen, maar ze was later zeker op ze afgeknapt of zo, want de motorduivels gingen er 's ochtends stiekem op hun knoerten van voertuigen vandoor, maar dikke Sas was nog vroeger opgestaan en schreeuwend sloeg ze op hun lederen lijven een Kwikkie doormidden.

Ik zou met een gerust hart op oom Daan ook wel een Kwikkie kapot kunnen slaan.

Zal ik tante Rita vertellen wat hij met mij heeft gedaan? Maar in deze familie wordt alleen ernstig gepraat over wissewassen. Om de ernstige dingen daarentegen walst iedereen rond, neuriënd met een schijnheilig gezicht.

Volgens mij weet tante Rita trouwens wel degelijk alles

af van wat oom Daan met mij heeft gedaan, dat kan toch niet anders met alleen een paardengordijn ertussen, maar ze is allang blij dat de geschiedenis nu weer een normale wending heeft genomen. Wat zij normaal noemt dan: een geflipte oude vrouw die coke snuift en een heel pak inlegkruisjes per dag verbruikt, iedere dag haalt ze nieuwe en het hele medicijnkastje zit er vol mee, de deurtjes kunnen niet eens meer goed dicht. God zal weten waar dat voor nodig is, maar daar begrijpen zelfs Hassan en Saskia niets van en die komen voort uit de onderste regionen van de menselijke samenleving en die hebben alles gezien wat God heeft verboden en die kun je echt geen oren meer aannaaien, zeggen zij zelf, maar ook volgens die twee is Maeve van Wees, zoals we steeds moeten horen dat ze heet, alsof ze iets heel bijzonders is, maar hoe dan ook, volgens ons is Maeve van Wees niet goed gezond.

Tante Rita en oom Daan zijn verblind door haar. Ik heb tante Rita aan de telefoon triomfantelijk aan haar vriendin horen vertellen dat Daan eindelijk aanspraak heeft op niveau.

'En weet je met wie? Met niemand minder dan Maeve van Wees.'

Wat bedoelt ze toch met niveau? Oom Daan en die vrouw kakelen de hele tijd over het slechte weer, net als iedereen.

'Hoe bar en boos is deze zomer. Gisteren nog die zomerstorm. Voor het eerst van mijn leven waaiden de knopen van mijn regenjas.'

'O! Vertel gauw. Vertel gauw verder. De knopen waaiden van je regenjas. En toen? En toen?'

'Een bolle wind sloeg de hoek om en raakte onder mijn jas gevangen.

Hij wilde eruit.

De wind scheurde de jas open met knopen en al.

Hij trok zelfs de ceintuur mee.

De ceintuur kronkelde als een serpent door de lucht. Vloog heen en verdween.

De knopen stuiterden via de stoep uit het zicht.'

Hij heeft dit verhaal ongelogen wel zes keer op precies dezelfde manier verteld en elke keer weer luisterde Maeve van Wees naar hem met hemelse ogen en een wezenloze lach. Ik geloof echt dat ze snuift en ook nog spuit ook. Maar in de bungalow is niets te vinden dat erop wijst, dus waarschijnlijk houdt ze de spullen voortdurend bij zich, daarom klemt ze haar tasje steeds zo tegen zich aan.

'Ach kind, het zou zo goed zijn als Daan zijn eigen leven kreeg,' zei tante Rita tegen haar vriendin aan de telefoon. Zachter sprekend voegde ze eraan toe: 'We hebben hem natuurlijk allemaal veel te lang vertroeteld, op het laatst waren we wel vierentwintig uur per etmaal bezig om meneertje koekepeertje een beetje zoet te houden. Hij ging onmogelijke eisen stellen. Maar ja, wat wil je, daar is hij tenslotte een man voor.'

Tante Rita is opgebloeid sinds die vrouw hier logeert. 'Ik zie weer toekomst,' zegt ze en ze straalt en ze is minder fanatiek dan anders in de weer met sloven en zorgen. Ze ziet eruit als iemand van wie een grote last is afgevallen. Letterlijk ook, vanochtend jubelde ze dat haar strokenrok haar weer paste en ze beweegt zich een stuk sneller trap op trap af.

Ze is zelfs gaan slapen, 's nachts.

Ze zit niet meer op, in een deken gewikkeld in het fauteuiltje bij haar bed, lezend in een dik, goed boek, moederlijk wachtend op late gasten, die ze nog opvoedend toesprak ook, als ze in de vroege morgen dronken of stoned aan kwamen sloffen. Ik zit nu op. Maar niemand weet het. Toch besteedt tante Rita veel aandacht aan mij. Maar telkens als ik over oom Daan wil praten begint zij gauw over iets anders. Zij wil steeds over die 'bijzondere vrouw' beginnen en dan bedoelt ze die Maeve van Wees, maar dan begin ik gauw over iets anders. Meestal praten we dan maar over Detlev, maar die sukkel moet ook steeds weer mee met die twee.

Ik kijk niet meer in de spiegel, want de laatste keer schrok ik van mijzelf, het kan toch niet dat je er al zo vlug slecht uit gaat zien als je niet eet. Ik heb gelezen dat een mens wel langer dan een maand zonder eten kan. Onze leraar Nederlands heeft een keer gezegd dat Solveig waarschijnlijk de vrouw is die het langst op een man heeft gewacht. Ze wachtte haar hele leven op Peer Gynt, die aan het eind oud en uitgeblust aan kwam kakken. Ik geloof niet dat ik daar zin in heb, om zo lang op iemand te wachten. Wachten is namelijk shit.

Je gaat er rot van uitzien en je krijgt een lege blik in je ogen want er gebeurt niets meer.

Als ik erop let zie ik die blik overal. In wat voor wereld ben ik terecht gekomen?

Ze zijn uren samen op pad, oom Daan en zij. Ze laten Detlev wel drie keer per dag samen uit. Niet eens met de auto maar lopend.

Ze kuieren druk babbelend het hek hier uit en op de hoek van de straat gaan ze hand in hand lopen. Ik heb het zelf gezien. Nog gekker: ik heb op het harde zand van het strand geschreven zien staan Maeve en Daan. Maeve en

Daan stond er, in idioot versierde letters met krullen, bloemen en hartjes eromheen. Het is eerlijk waar. Hij moet het zelf hebben getekend, want hij had een paraplu bij zich met een spitse punt.

Oom Daan slaapt niet meer in de kelder. Ik heb daar het rijk alleen. Oom Daan zit 's avonds bij haar in de salon van de bungalow, de salon was de oude tuinschuur, waaraan nog twee houten hokken vastzaten en dat zijn nu de slaapkamer en het badkamertje. In alle drie de vertrekken gaat altijd licht aan zodra het begint te schemeren. Alleen de gordijnen van de slaapkamer worden gesloten, maar ze zijn daar nooit, dat weet ik heel zeker, ik blijf wakker om daarop te letten, dus waarom die gordijnen dicht moeten begrijp ik niet goed. Tot nog toe is het altijd zo gegaan dat oom Daan om een uur of twee in de nacht terugwandelde door de tuin naar ons huis hier. Hij is nog een keer naar de kelder gekomen. Hij ging op de rand van de sofa zitten. Gelukkig had ik mijn Laura Ashley-pon aan van witte doorschijnende batist. Ik veerde meteen omhoog, maar hij pakte mij bij mijn armen en legde mij terug en trok de gebloemde zomersprei weer over mij heen. Al die tijd keek hij mij aan of ik een stoute puppy was die uit het nest wilde klauteren.

Toen ging hij weer lopen rommelen, in zichzelf hummend en over zijn haren strijkend, hij zocht iets, liep tegen het schaakbord aan zodat de stukken verschoven maar dat kon hem niet eens iets schelen, hij trok deurtjes en laden van kastjes open en eindelijk vond hij wat hij zocht, het lag onder de sofa, met al een dikke laag stof erop. Het was het boek *Mon amie Nane* en ik ging gloeien, zo blij was ik even, want ik dacht dat hij mij weer ging voorlezen. Maar nee. Hij bleef staan, boog zich over mij heen en stak een hand uit om mij over mijn wang te aaien, maar toen deed hij het toch maar niet.

'Nane,' zei hij en gaf mij het boek, 'je moet dit zelf lezen. Je moet zelf lezen hoe goed het met onze Nane afloopt.'

Ik moest pas huilen toen hij weer weg was. Ik heb nog even achter in het boek gekeken om te zien hoe het afloopt en daar staat een tekening van een griet in een stomme trouwjapon. Het is wel Nane, hoewel zij verder het hele boek met bijna geen kleren aan is getekend, ze zit altijd bij allerlei mannen op schoot, verwikkeld in avonturen! Hoe ze aan die trouwjurk is gekomen kon ik niet lezen. Ik kon ineens de woorden niet meer begrijpen, ik ken geen Frans meer, maar waarom zou ik ook.

Oom Daan is niet teruggekomen. Ik denk dat hij voortaan op zijn kamer boven slaapt, maar het kan me eigenlijk niet schelen op dit moment. Dit moment is niet goed. Ik moet het goede moment afwachten, heeft oma gezegd.

Ze heeft zich al die tijd dood gehouden, tot ze zich een tijdje geleden 's nachts door de kelder repte met in haar ene hand haar Siamese-poezenjurk gepropt en in haar andere hand haar cobraleren tasje dat ze driftig aan zijn riempje in het rond draaide, voor zich uit, alsof het een propeller moest verbeelden. Haar krulletjeshaar stond woest wijduit om haar hoofd, de flamingoroze haarkam hing slordig op een oor, die vond ik de volgende ochtend dan ook terug op de grond.

Oma leek wel een aapje, zo lenig slingerde ze zich van het ene punt naar het andere zonder de vloer te raken, ze spurtte vliegensvlug over de stalen rekken heen, ze hees zich aan handjes en voetjes door het allang weer bespinragde tuimelraam naar boven de tuin in en toen kwam ze weer soepeltjes teruggegleden. Ze trok haar lippen weg van haar tanden.

'Grijp het goede moment,' wierp ze mij toe.

Ik zal wel zien hoor.

Oom Daan en die vrouw kijken nooit tv, ze zitten de halve nacht met de hoofden bij elkaar te praten en oom Daan drinkt niet meer dan twee glazen wijn. Ik weet het, want ze doen nu al drie dagen met dezelfde fles wijn, waar zij zo'n vacuümkurk op zet, waarover oom Daan in onze kerstvakantie nog zijn diepste minachting heeft uitgesproken ('weer zo'n trouvaille van het gezonde verstand'), maar nu mag het ineens wel. Over het tv-toestel hangt nog steeds de gebatikte doek, maar de fotootjes staan er niet meer, ik weet niet waar die zijn gebleven, een van haar koffers zit altijd op slot, misschien bewaart ze daar haar geheimen.

Ze is iemand van wie je geen hoogte krijgt. Toen ze in het begin nog zo treurig was, kon ze toch ineens dwars door haar tranen heen breeduit glimlachen als iemand iets aardigs zei, bij voorkeur natuurlijk oom Daan.

Nu lijkt het erop dat ze gauw treurig gaat kijken als ze weer een nieuwe vleierij wil horen. En hoe onbenullig de complimentjes ook zijn, ze trekt een tandpastalach van oor tot oor.

Al zegt oom Daan maar verstrooid: 'Ik kan uren naar uw pianospel luisteren, gaat u door, gaat u door,' dan gooit ze er meteen over haar schouder zo'n filmische smile tegenaan en hij kijkt dan of hij iets briljants heeft beweerd.

Als ze lacht lijkt ze een ander iemand te worden, geen druiloor meer, maar een beetje een huiveringwekkend iemand, volgens mij lacht ze ook niet echt, maar ze speelt dat ze een stralend gezicht trekt, wat zij dan hoopt dat er als een stralend gezicht uitziet en volgens mij doet ze zo omdat ze iets wil verbergen. Maar wat, is de grote vraag.

Als ze zogenaamd lacht tilt ze haar bovenlip een beetje op, net als een roofdier, en ze showt kleine, perfecte frettentandjes. Pareltandjes, zegt hij.

'Je bent onweerstaanbaar als je lacht,' heeft hij ook al een keer gezegd.

Ze zeiden al na een paar dagen geen u meer tegen elkaar. Hij wringt zich in duizend bochten om maar te pluimstrijken, zij wringt zich in duizend bochten om maar te behagen en zij lacht die misselijke, dweepzieke lach. Mij zien ze niet meer.

Zij zag mij toch al niet, maar nu loopt ook hij door mij heen. 'Er bestaat een geheimzinnige aantrekkingskracht tussen die twee,' heeft tante Rita verklaard. Ze voegde eraan toe dat het háár zo gelukkig maakt.

Ik weet af en toe niet goed of ik nu kwaad of bedroefd ben. Oom Daan heeft aan mij nooit al die moeite besteed die hij nu doet voor haar. 'Hij maakt haar echt het hof,' constateert tante Rita tevreden, 'ik wist niet dat hij het in zich had. Het ging immers altijd andersom.'

Een beetje heeft hij mij heus wel 'het hof gemaakt' maar ja, het moest allemaal stiekem. Het is dus niet opgevallen. Met deze vrouw, die nog veel ouder is dan hij, mag hij openlijk pralen. Ik begrijp niets van deze wereld. Niemand kan het mij uitleggen. Hassan zegt dat ze in zijn land zulke oude vrouwen flink laten zwoegen omdat ze toch niet meer kunnen baren en dus alleen maar geld kosten en bovendien de jonge vrouwen kwalijke raad in het oor fluisteren, dus moeten ze maar zo hard werken dat ze te moe zijn om onrust te stoken. Daar heb ik ook niets aan.

De enige die mij goede raad kan geven is oma. Maar zij komt als het haar schikt, niet als ik het wil.

Ik weet niet eens waarop ik eigenlijk wacht.

Maar tot diep in de nacht sta ik in de kelder als een soldaat op wacht onder het tuimelraam.

Ze gaan elke avond samen uit. Ze keren heel laat terug en dan hoor ik hoe zij zwijmelt en domme kreten slaakt. Het stortregende een keer, maar ze bleven gewoon langzaam doorlopen, ze kwamen vlak langs mijn hoofd voorbij, stap stap in een lijzige tweekwartsmaat, innig gearmd, stijf tegen elkaar aan en daar sloeg zij aan het kwelen:

'into each life some rain must fall,
but too much was falling in mine,
into each heart some tears must glow,
but someday the sun will shine,'

en toen viel ze hem jankend in de armen. Hij sabbelde geruststellend aan haar oorlel, maar wat hij erbij zei kon ik niet verstaan.

Als hij bij haar in de bungalow is hoor ik haar vaak lang en krankzinnig lachen en hij lacht er brommend doorheen.

Er is een zuidenwind opgestoken.

'Ha,' riep tante Rita aan het ontbijt, 'dit windje brengt warmte mee.'

Het leek vanochtend al een heel stuk warmer en er kwamen ook nieuwe gasten, nog meer surfers en ook een stel vliegeraars. Om het zomerweer te vieren zijn tante

Rita en ik ook naar het vliegerfeest gegaan. 'De boog kan niet altijd gespannen blijven en weet je, de jongelui letten wel even op,' zei ze met een knipoog naar mij. Omdat ze er meteen van schrok begreep ik dat ze met 'jongelui' Maeve en Daan bedoelde en niet de surfers. Ik heb het nu ook in hanenpoten gegrift op de rugleuning van een bankje in de duinen zien staan: Daan en Maeve. Ik denk dat dit haar werk is, het is met iets scherps gedaan, met een nagelvijltje waarschijnlijk. Ik denk dat ze niet goed wijs is. Kinderen doen zo iets, maar als volwassenen het doen horen ze volgens mama tot de gekken en dwazen die hun namen schrijven op deuren en glazen.

Tante Rita geneerde zich dat ze zich had vergaloppeerd en met hangend hoofd alsof ze haar joligheid nu weer wilde verbergen, mompelde ze: 'Nou ja, ik denk dat we morgen wel horen dat de kogel door de kerk is.' Ze kocht een vlieger bij een stalletje op de boulevard. Het strand zag zwart van de mensen die hun vliegers aan het uitlaten waren. Boven onze hoofden wemelde het ervan in alle kleuren van de regenboog, sommige dartelden heel hoog rond in de lucht en andere stonden laag en statig stil, er waren dikkerds bij, een soort matrassen leek het wel, die niet eens van de grond kwamen en er waren ook hele vinnige die zoevend duikvluchten uitvoerden. De onze was donkerblauw en hij klom dapper en zonder flauwekul naar boven, alsof hij het al heel vaak had gedaan, hoewel hij gloednieuw was. Boven bleef hij rustig staan. 'Ja, dit is een staander,' zei tante Rita. 'Hij kan nog hoger. Zal ik hem hoger laten? Terwijl ik hem vasthoud kun jij een briefje langs zijn touw naar boven sturen. Zo stuurden wij vroeger briefjes naar God.'

'Wat stond er dan in die briefjes?'

'Onze wensen,' vertelde tante Rita plechtig. 'Kom, je hebt vast wel een wens. Dit is je kans om je wens dicht onder het oog van God te brengen.'

'Ik weet geen wens,' zei ik.

'Maar ik wel,' zei tante Rita, 'houd jij de vlieger vast, dan zoek ik even mijn balpen.'

Terwijl ze rondgrabbelde in haar schoudertas hield ik de vlieger vast. Nu pas voelde ik hoe hard hij aan zijn touw rukte. Hij moest wel wanhopig zijn. Hij wilde hoger. Hij wilde zelf naar God en niet andermans boodschappenjongen zijn. Ik liet hem los. Even leek het erop dat de bevrijde vlieger zijn vleugels ontvouwde om zich boven de wolken te verheffen, maar tot mijn ellende tolde hij akelig om en om en kwam geen meter hoger. Hij zeilde hopeloos naar beneden en plofte niet ver van ons vandaan plat op het zand. Zijn skelet was gebroken.

Tante Rita zat nog van niets wetend een epistel te schrijven op een verlopen tienrittenkaart, maar ze sprong op omdat ik zo hard begon te grienen dat allerlei andere mensen zich er ook mee gingen bemoeien. Ik kon het niet uitleggen, ik kon niet eens meer kijken naar de plaats waar het was gebeurd.

'Nou nou,' suste tante Rita, 'het is maar een vlieger. Als je wilt kopen we nu direct een nieuwe.'

'Ik wil nooit meer een vlieger,' gilde ik. 'Nooit meer. Alle vliegers vallen dood als je ze loslaat.'

Thuis ben ik meteen in de kelder op een sofa in slaap gevallen.

Het moet laat zijn. Het raam staat ver open omdat het steeds warmer is geworden. Het is zo stil, dat je zelfs verdwaalde nachtgeluiden kunt horen. Misschien rondscharrelende egels. Ik voel me bijzonder goed, maar ik weet niet waarom, want het vliegerfeest vond ik een flop en mijn hele vakantie hier is in het water gevallen. Ik ben veel te actief om nu weer te gaan slapen. Bovendien moet ik meer weten. Gaat hier nog iets gebeuren? Hoe staat het er hier allemaal voor? Op en neer springend kijk ik door het raam de tuin in, er brandt nog geen licht in de bungalow, het is dus nog niet te laat, ze moeten nog komen.

Tijd genoeg om mij maar weer eens buitengewoon fraai uit te dossen. Ik heb er niet eens zoveel zin in, maar ik word er bijna toe gedwongen. De Vionnet glibbert uit haar hoes te voorschijn, ze valt bibberend voor mij neer, op mijn voeten.

Het cobraleren tasje hoort erbij.

Oma droeg de jurk dikwijls, want zij vond dat je een meesterwerk niet vaak genoeg kunt vertonen, het tasje had zij altijd achteloos aan haar pink, de flamingoroze kam van Lalique glinsterde in haar blauwzwarte haar. 'En dan kwam ze ons nog als een goede moeder een kusje geven,' heeft tante Rita mij meer dan eens verteld.

'Waar ging ze dan heen?'

'Naar een concert natuurlijk.'

'Welnee, ze ging borrelen in de Kurhausbar,' ontsnapte een keer aan oom Daan.

'Ooooo,' tante Rita sloeg haar hand voor haar mond en werd dieprood, alsof zij het had gezegd.

'Flirten met elke barpianist,' maakte oom Daan het nog erger.

'Geen Stehgeiger was veilig voor haar,' brulde hij door het dolle heen.

Het loopt nog slecht met hem af.

Ik zal de kam er ook maar bij aandoen. Het lijkt alsof

die kam scherpe nagels in mijn achterhoofd drukt en me voortdrijft.

Ik moet naar boven, de tuin in. De zee kan ik nauwelijks horen, de wind is gaan liggen. De warmte is blijven hangen, broeierig. Nachtvlinders dansen om de buitenlamp, de kleintjes vliegen zich te pletter. De maan is er, maar achter een dunne laag wolken.

Al van ver hoor ik de auto van oom Daan. Ik verstop me onder een rododendronstruik die allang is uitgebloeid, het is al bijna eind augustus, de bladeren voelen aan als stukjes leer. Ik had me niet hoeven verstoppen, die twee zien niets en horen niets behalve elkaar, ze gaan helemaal in elkaar op. Oom Daan stelt zich nog achterlijker aan dan de achterlijkste knullen op school, hij vliegt haar steeds om de hals en knijpt overal in haar, niet om aan te zien is het. En zij duwt hem dan weer zogenaamd speels weg. 'Zoet nou, rustig nou,' mekkert ze. 'Een beetje geduld mijn liefste.'

In de oude tuinschuur doet oom Daan de lichten aan. Ik zie hem heen en weer kuieren, lichtvoetig voor zo'n logge gestalte, hij is zeer in zijn schik, hij is betoverd. Het is zijn beurt om zo'n halfgaar liedje te zingen, maar hij kan nooit de woorden van liedjes onthouden.

'I know a dark secluded place, where no one cares to hide his face, it is in Fernando's hide-away, olé,' weerklinkt het luidkeels en daarna schiet hij weer quicksteppend naar het midden van de kamer, schuddend met een cocktailshaker waar zo te horen alleen ijsblokjes in zitten, hij kan zijn geluk niet op. Zij komt ook nog even de salon binnen om hem te overladen met kusjes, maar als hij haar grijpt en met haar op de driezitsbank wil neerdalen maakt ze zich handig los en verwijdert zich achterwaarts, almaar kusjes van haar handpalm blazend, naar de badkamer.

Ik loop met haar mee, maar aan de buitenkant. Als oom Daan nu naar buiten keek zou hij me niet zien, dat weet ik absoluut zeker. En zij ziet me ook niet, maar dat kan me nog minder schelen. Ze laat een lange sjaal van zich afglijden en staat met blote schouders diep adem te halen. Ze stoot het kleine venstertje open en steekt haar hoofd naar buiten. Ze snuift hongerig de nachtlucht in. Ze trekt haar hoofd terug en gooit haar in een wrong bijeengebonden haren los en schudt verlekkerd haar grauwe vachtje, de haarpunten strelen haar schouderbladen, ze is reuze tevreden met zichzelf en haar zilveren haren, denk ik, dan drukt ze haar gezicht bijna de spiegel in en ginnegapt een beetje, wat raar eigenlijk.

Wat doet ze toch? Spuugt ze iets uit? Als ik het goed zag leek ze even te kokhalzen en braakte ze iets uit. Ze heeft het nu in haar hand en loopt ermee heen en weer. Elke beweging van haar maak ik ook en zo doen wij een pas de deux, zij danst haar partij binnen, ik buiten de mijne.

Tot ze zich plotseling frontaal naar mij toe wendt. Alsof ze me nog meer wil bespotten, begint ze zielsgelukkig naar mij te lachen, gelukzalig glimlacht ze mijn kant uit en ik wil beleefd teruglachen maar dan sla ik gelukkig net op tijd mijn hand voor mijn mond. Ik moet een kreet van afschuw smoren, eerlijk. Ik weet nu zeker dat ze mij niet ziet. Ze waant zich volkomen onbespied. Ze grijnst zo gedachteloos als een doodskop voor zich uit en tandeloos. Ze mist haar tanden, ze is een oud en weerloos schepsel, een heks zoals je op spotprenten ziet.

Het ding in haar hand laat ze in een glas bruisend water glijden. Ik heb zonet nog even gedacht dat ze een vitaminebruistablet ging nemen om de komende gebeurtenissen gesterkt het hoofd te kunnen bieden. Maar ze reinigt haar tanden in het bruisende water. Ze reinigt ze van restjes oesters en eendenlever en artisjokkenpuree of weet ik veel wat ze hebben gegeten.

Ze gaat zich grondig voorbereiden. Ze gaat zich ook douchen. Ondertussen liggen haar tanden in het glas met de orchideeën, zie ik nu pas, het hoge glas waaruit ik toen ik klein was de groene limonade van oma dronk.

Ze schuift het douchegordijn dicht.

Nu reikt, gedreven door een kracht buiten mij om, mijn oma-arm door het open venster naar binnen en mijn vingers vissen snel en precies het ding uit het glas. De bleekbeige zijde van oma's mouw glanst als het vel van een Siamese poes en het is alsof haar pianohanden, met de lange vingers die gemakkelijk anderhalve octaaf kunnen omspannen, nu even trefzeker zijn als kattenklauwtjes, zonder enige aarzeling hebben zij het ding weggegrist.

Het water in het glas is nog steeds aan het bruisen. Het is een beetje roze geworden. Maar wat erin zat heb ik nu in mijn hand. Ik had het liever met glas en al willen pakken, maar dat mocht niet van oma. Dit is raadselachtig, smiespelt zij, nu valt er immers niets te verklaren, laat staan te bewijzen. Wat moet men hier immers van denken? Dat die gore bruistabletten het gebit radicaal hebben vernietigd. Maar wat men ook denkt, het is onze zorg niet.

Ik was eerst bang dat ik het een vies en griezelig ding zou vinden dat ik niet in mijn hand wilde houden, zo'n gebit, maar het is niet griezelig, het is wel een beetje lief, een fragiel en hulpeloos diertje met een kromme zilveren ruggengraat, dichtgeklapte schildvleugeltjes en een heleboel uit het lid gedraaide, verwrongen pootjes. Als ballast voert het die lange rij frettentandjes mee aan zijn buik. Het is best een mooi geval, eigenlijk is het net zo iets als die kunstwerken van Lalique, je zou er ook een haarkam van kunnen maken. Of een broche.

Maar het is geen sieraad. Ik heb haar lach buitgemaakt.

Ik berg het gebitje op in het tasje van cobraleer. Daarin mag het wat mij betreft blijven tot aan het einde der dagen.

Oom Daan banjert nog steeds in de kleine salon op en neer. Hij ziet er wel uit als iemand die steeds ongeduldiger wordt. Hij krabbelt telkens op zijn hoofd, hij doet net zo gek als toen bij mij, raampje open, raampje dicht, raampje open, slokje drinken dan toch maar niet nog meer, krantje oppakken maar niet erin lezen, iedere keer naar de deur waarachter zij is verdwenen, steeds in de verleiding om hard op die deur te bonzen, iedere keer bedenkt hij zich. Ineens gaat hij staan zingen. Ik luister en geloof mijn oren niet. Mijn oom Daan zingt een smartlap, die klinkt als een sloom wiegelied.

'Eenmaal in je leven
heb je iemand om je heen
die je nooit meer zult vergeten
ook al laat ze je alleen!'

Maeve komt onder de douche vandaan. Haar lijf is op sommige plekken net zo vreemd wit als haar handen, doorschijnend wit net als een made, maar dan heeft ze ook nog overal grote paarsige vlekken met zwartachtig gekartelde randen, alsof haar vel door een slordig kind als een lappendeken in elkaar is gezet. Eigenlijk wil ik niet langer naar haar kijken.

Ik wil niet eens zien of zij zich redt zonder tanden.

Mama en Rinus zijn teruggekeerd, even wit als ze weggingen maar met zonnekleppen op en sarongs aan en met het verhaal dat ze onze visboer op Bali zijn tegengekomen. Hoewel mama waanzinnig kan vertellen vallen haar verhalen in het niet bij de consternatie die heerst in Pension Rida, tante Rita heeft zelfs een kaart achter de ruit van de voordeur gezet, met in grote zwarte letters: 'tijdelijk gesloten wegens familieomstandigheden' en de familieomstandigheden in de vorm van oom Daan hebben zich teruggetrokken in bed en weigeren voor het licht te komen. Gelukkig is hij nog niet in hongerstaking gegaan, maar hij heeft er wel mee gedreigd. Hij wil dat het huis wordt verkocht. Tante Rita heeft gezegd dat ze voor het eerst in haar leven haar poot stijf zal houden. Ze loopt de hele dag met opeengeklemde lippen en betraande ogen rond. Mama en Rinus, die mij vanmiddag kwamen ophalen, waren achterom gelopen en stonden al hoog en breed in de keuken toen tante Rita pas merkte dat ze er waren. Tante Rita begroette mama niet eens, ze stak meteen van wal. 'Wiesje, vraag mij niet wat er aan de hand is, want ik sta voor een wild raadsel. Ik heb dit gekkenhuis noodgedwongen tijdelijk gesloten, maar vraag mij niet wat er aan de hand is.'

'Maar lief zusje, kalm nou toch,' riep mama en wilde tante Rita omhelzen, maar die sprak luid: 'Misschien kun jij eerst eens eventjes boven aan die broer van jou vragen wat hem bezielt,' en barstte toen in snikken uit, kermend: ''t Is gebeurd met Daan, het is met hem gebeurd.' Terwijl mama haar met klopjes op de rug en sussende woordjes wegvoerde naar de vleugelkamer kreet tante Rita nog: 'En het leek nu juist alsof het geluk eindelijk aan onze deur had geklopt.'

Dat vind ik overdreven en dat zeg ik ook.

'Hoezo overdreven?' merkt mama op met iets scherps in haar stem. 'We zouden allemaal reuze gelukkig voor Daan zijn geweest als hij een aardige vrouw had gevonden. Die jongen heeft het ook niet zo makkelijk gehad in zijn leven.'

Jongen! We zitten eindelijk in de auto op weg naar huis. Het is laat geworden door al dat gepraat, dat natuurlijk nergens toe heeft geleid, al lijkt het of tante Rita door mama en oom Daan al half is overgehaald om het huis te verkopen. Ik weet dat het huis toch niet zal worden verkocht. En oom Daan zal moeten slikken of stikken, zo is het altijd gegaan.

'Misschien was die vrouw niet zo aardig,' opper ik. 'Ze is er toch zomaar ineens vandoor gegaan? Zonder boe of ba, midden in de nacht? Twee dagen later laat ze iemand anders opbellen over haar koffers en ze wou zelf niet eens aan de telefoon komen.'

'Het is volslagen onbegrijpelijk, wat kan er nou gebeurd zijn?' Het houdt mama vreselijk bezig, ze kan nergens anders over praten, ze bijt op haar nagels.

Ik zou kunnen vertellen dat oom Daan een smartlap heeft gezongen met onheilspellende kracht, maar ik houd me er liever buiten want alles wat ik zeg of doe wordt toch meestal verkeerd uitgelegd. Ik zingzeg zachtjes voor mij uit de smartlap.

'Schei uit met die stomme deuntjes,' keft mama. Zie je wel, ze is al kwaad terwijl ze nog niet eens iets weet.

'Geloof jij in geestverschijningen?' vraagt ze ineens streng aan Rinus.

'Hè?' antwoordt hij en uit zijn mond verschijnt traag een enorme roze kauwgumballon, die hij tot barstens toe opblaast. Hij is weer eens opgehouden met roken. 'Geestverschijningen?' herhaalt hij verbaasd. 'Waarom niet?'

'Laat maar.' Mama is echt vinnig voor haar doen. 'Als je Daan moet geloven zou moeder opgedirkt in haar mooie jurk in de tuin hebben gestaan om die arme Maeve van Wees te vervloeken. Nou acht ik moeder tot alles in staat, daar niet van, maar waarom zou ze nou juist die arme Maeve van Wees moeten vervloeken. Maeve van Wees is jaren geleden al genoeg gestraft met haar autoongeluk, waarom zou die nog meer gestraft moeten worden? Is het al niet erg genoeg te worden onttroond door zo iets banaals als een aanrijding?' Ze ratelt maar verder over de briljante pianiste van wie iedereen zoveel verwachtte en die zo bijzonder was en zo mooi als een godin en die misschien beter dood had kunnen zijn dan het aan elkaar gelapte wrak dat ze nu is.

Ondertussen kijkt ze met grote, beschuldigende ogen beurtelings naar Rinus en dan weer naar mij, alsof wij er wat aan kunnen doen. Maar ons interesseert het niets, dit verhaal.

Ik wil dat ze ophoudt. Ik onderbreek haar: 'Het hoeft niet dezelfde Maeve van Wees te zijn.'

'Schei toch uit, zo vaak komt die naam niet voor,' werpt ze verhit tegen.

'Nou, ik ken anders een vent die zo heet.' Rinus stelt het triomfantelijk vast. Hij doet wel vaker onmogelijke beweringen om maar aandacht te krijgen. Hij zit aan het stuur, ik zit achter hem en buig me voorover. Ik knijp in zijn bovenarm en roep enthousiast: ‘O ja heus? Een vent die Maeve van Wees heet?’

‘En die alles won wat er te winnen viel. Met een Kawa, dat is nog gekker,’ zegt Rinus. Ik knijp weer in zijn bovenarm, die behoorlijk stevig is. Hij heeft ook een leuke nek, breed, zo’n beetje als van een bulterriër, nee, meer als van een rottweiler, want hij heeft er ook zulke korte, nagelborstelachtige, zwarte haartjes bij. Hij valt mij honderd procent mee.

‘Vertel eens over die vent met de Kawa,’ zeg ik en leun op mijn gemak nog meer naar voren. Hij ruikt lekker.

Misschien ga ik volgende keer maar wel met ze mee naar Barbados.

De Koortsboom

Vannacht was het misgelopen. Tijdens een bedwelmende, echtelijke omhelzing had zich de rubberen, maffe snoet van zijn knuffelbeer te voorschijn gewurmd. In plaats van in de smeulende ogen van zijn Silvia, had hij in de knikkertjes van zijn koala gekeken. Of waren het misschien de malicieuze oogjes van Henriëtje geweest, de opvolgster van de koala? De onverhoeds te voorschijn schietende pretduivels uit zijn verleden hadden hem zo van zijn stuk gebracht dat hij tot niets meer in staat was geweest. Hij had alleen nog maar dom kunnen grinniken. Silvia had hem voor straf met haar hoefjes het bed uitgetrapt. Hier stond hij nu voor dag en dauw in de badkamer, ten prooi aan onwelkome gedachten.

Hij tuurde door de groene, in wybertvormig lood gevatte ruitjes naar buiten. Het duister was aan het vervagen, hij keek uit op jong, roerloos blad. Hun eikenboom was hem boven het hoofd gegroeid, sinds hoe lang al, de bovenste takken reikten ruimschoots hoger dan het hoogste punt van het dak. Of was dat altijd zo geweest? Vroeger had alles heel groot geleken.

Zijn aanbiddelijke, mooie beer uit Australië, eigenlijk een rubber warmwaterzak, was wel zo groot als een echte koala. Na bijna een halve eeuw nog warme gevoelens. De koala was nootmuskaatbruin van kleur of rook misschien naar nootmuskaat, hij had een moppig donkerrood drankneusje en wijd uitgespreide, mollige armpjes. Onder de staart zat de vuldop. Tante Marlous, de wereldreizigster die de koala had meegebracht, raakte daar niet over uit gegiecheld. Toen de koala voor een feestelijke gelegenheid met wodka gevuld was, was hij prompt van zijn studentenkamer gestolen. De rouwperiode had wel tot aan zijn eerste huwelijk geduurd.

Tot zijn twaalfde jaar sliep Wiebe elke avond in met de kruik in de armen, maar ook daarna deed de beer nog lang dienst als ziekenbroeder en vertrooster bij allerlei kwalen en alle soorten verdriet.

Toen hij als kind behoorlijk ziek was, had Waldrada Knoop zijn beer in de Koortsboom gehangen. Zij had opa durven trotseren, zij was tegen alle geboden in gegaan, zo vurig wilde ze dat hij bleef leven.

Opa had geprobeerd Waldrada het erf af te jagen. Een paar boeren waren de wachtkamer uit geslenterd en hadden verstolen grijnzend aanschouwd hoe de dokter zijn meid voor zich uit dreef met de woorden dat ze een schop voor haar reet en nog een schot hagel in haar kont toe kon krijgen. Waldrada bleef bij het hek stokstijf staan, ze had haar kop letterlijk in de nek geworpen, de kwast van haar ravenzwarte vlecht zwiepte over de grond: 'En toch is het jong door de boom genezen.'

Opa hief nog even sprakeloos zijn handen ten hemel, maar toen was hij plotseling in een bulderend gelach uitgebarsten.

'Geneest de boom echt wel eens iemand?' vroeg Wiebe later langs zijn neus weg. Hij verheugde zich op een donderende oratie van opa. Maar in plaats daarvan gaf deze mild toe: 'Maar zeker, die boom geneest er evenveel als ik.'

Wiebe fietste bijna elke dag langs de eikenboom, de woudreus die fier en eenzaam aan de rand van een ruïne stond en die door de plattelanders en de dorpelingen van ver en nabij werd vereerd als een heilige boom. Volgens de overlevering was hij duizend jaar oud. Al sinds mensenheugenis torste hij afstotelijke versierselen. Soms lagen er aan zijn voet bossen bloemen.

Wiebe vermoedde dat deze boeketten dienden als dank voor de wonderbaarlijke genezingen die aan de boom werden toegeschreven. Hij probeerde er niet al te smalend naar te kijken, dat zou hoogmoed zijn, zou moeder zeggen en trouwens, hij fietste vooral langs de Koortsboom om te inspecteren welke blijken van ellende en rampspoed er nu weer waren toegevoegd aan de toch al indrukwekkende verzameling van besmeurde en bloederige kledingstukken, zakdoeken en verbandgaas. Elke dag kon hij wel weer iets vreemds ontwaren in de takken van de vorstelijke eik, elke nacht waren er weer morbide vruchten verschenen, die varieerden van kleuterhemdjes vol smurrie tot lange onderbroeken met onzegbare vlekken. De meeste van deze windselen waren op goed geluk omhooggeworpen, daarom ging Wiebe met een grote boog om de boom heen als het waaide. Hij was niet vreesachtig uitgevallen, maar hij vermeed liever dat de wind de besmette vodden te dicht in zijn buurt blies. Welke onbeschrijflijke en dodelijke kwalen schommelden daar immers losjes heen en weer in het lover? Zoveel onraad en onheil had hij gedacht nooit meer te zullen aanschouwen, maar het leek wel of hij het juist in zijn leven steeds weer had opgezocht. Later had ook hij, net als opa, zijn krachten met die van de boom willen meten. In zijn jeugdige overmoed was hij er zeker van dat hij zou winnen.

Henriëtje had hem voor de voeten geworpen dat hij zich afsloot voor menselijke gemoedsbewegingen. Hij had slechts oog voor lichamelijke aandoeningen. Hij mocht dan als een magiër zijn mes in zieke weefsels steken en met feilloze precisie het kwaad uitsnijden, de fijnere processen van geest en ziel gingen zijn pet verre te boven. Hij was als een goed afgestelde robot en het leven met hem was ondraaglijk saai, aldus Henriëtte, die letterlijk had gezegd dat ze zonder hem nog wat ging keten voor het te laat was.

Vandaag kwam ze hier. Keten misschien.

Henriëtje had zich gestort in wat, volgens haar, het volle leven was, ze was zich Harry gaan noemen en ze had een vriendin genomen, want een vrouw begreep er volgens haar toch meer van dan een vent. Ze had zijn protesten en zijn verontschuldigingen niet eens meer willen horen.

Maar vandaag zou ze komen. Het ontbrak er nog maar aan dat hij nu weer om allerlei dingen van vroeger ging treuren. Als je maar genoeg zorgen aan je hoofd hebt, krijg je geen kans om te treuren, had opa lang geleden gezegd. Het was waar.

Hij had weer genoeg zorgen aan zijn hoofd, maar deze nieuwe zorgen waren vlinderlicht en zelfs bevallig. Iedereen zou wel zulke zorgen willen hebben als hij.

Als om het aan een schare afgunstigen te tonen opende hij voorzichtig en trots – maar vooral gelukkig! hield hij zichzelf voor – toch maar weer even de slaapkamerdeur.

Daar lag het vredig door het plompe neusje te ademen, zijn Stiertje, zijn roodharig Jerseykalf. Straks zou het de onpeilbare ogen van Juno openen, vol donkere hartstocht riep het misschien boe-oe. Hij hoopte op een herkansing.

Door deze jonge vrouw zou hij jong blijven, al was het maar omdat hij van dit levenslustige wezen de kans niet zou krijgen om oud te sterven.

Hij moest ervoor zorgen dat hij niet ziek werd, want dit vrouwtje hield niet van zieke mensen. Ze had het met een dik, pruilend onderlipje meteen eerlijk gezegd tegen hem, de eerste keer al dat hij haar zag.

'Je houdt niet van zieke mensen? Waarom verpleeg je ze dan?' had hij gevraagd, want ze was nota bene de verzorgster van moeder.

'Wat moet ik anders? Ik heb geen diploma's.' Traantjes erbij in haar goddelijke ogen.

Zo stond het er dus voor in de ziekenzorg. Wist hij veel. Hij kreeg ze alleen maar op tafel. Misschien had Henriëtje gelijk en was hij een robot geworden. Maar wat was hij blij en dankbaar geweest dat de begeerlijke Silvia haar ongediplomeerde, maar o zo veelbelovende oog op hem had laten vallen.

Nu was hij dus bezig aan een tweede jeugd.

Kon hij zichzelf nog lang wijsmaken dat de tweede jeugd niet zo ellendig was als de eerste?

Zijn hond was dood en hij rookte weer.

Het schemerde nu, het was vijf uur geworden. Door het serene groen van het vensterglas leek het buiten even nevelig groen als hier binnen.

Het was alsof hij zich onder water bevond, in een vijver. Vredig en stil. Maar zo zou het niet blijven. Het was midden mei, de zon zou over drie kwartier boven de oostelijke bosrand pronken, zes uur later zou zij laaiend de feestelijkheden beschijnen.

Klokke twaalf zou Silvia haar verjaarstaart naar buiten dragen. Dan stond de zon precies boven hun honderden jaren oude eikenboom, die het letterlijke middelpunt van de feesttafel zou zijn. Het was Silvia's wens om haar verjaardag met een tuinfeest, dat de hele dag en een nacht mocht duren, te vieren.

De feesttafel had zij zelf ontworpen. Kommert Knoop en zijn zoons hadden hem, hoofdschuddend en in zichzelf mompelend, gemaakt volgens haar aanwijzingen. Het vurenhouten, veelpotige gevaarte scheen naar haar smaak nog steeds te klein, maar dat kwam, had zij ten slotte ook wel begrepen, omdat de boom zulke majesteitelijke afmetingen had.

Schaamde de reusachtige zomereik zich een beetje over het lichtzinnige meubel dat rond zijn oude, doorgroefde stam was getimmerd? Silvia beweerde dat zij nachtmerries had over hoe de boom er plotseling genoeg van kreeg en zich met zijn wortels uit de aarde zou losscheuren om ervandoor te gaan. Hij zou de tafel van zich afstropen als een hinderlijk hoepelrokje en alles wat erop stond zou reddeloos tegen de vlakte slaan, al haar kostelijke serviezen in scherven, kristal in splinters, damast verscheurd.

Als het vandaag even warm werd als gisteren zou de taart het niet eens onverlet halen, bedacht Wiebe. De route van keuken naar verjaarstafel was lang, onderweg zou de room uit de torenhoog opgehoopte chocoladesoesjes wegsijpelen op Silvia's feestjurkje, dan zouden tranen haar kalfsogen verduisteren en haar gespierde benen, die haar rokken zo uitbundig en verlokkend konden laten golven, zouden verschrikt pas op de plaats maken. Zij zou pardoes omvallen, zijn lieve Stiertje, met haar dappere mevrouwtje-spelende toet patsboem in haar taart.

Het beeld van haar beestjessnoet vol chocolade en

room wond hem op.

Hij keek nog maar eens naar de eik met zijn zotte hoepelrok.

Deze eik, op hun erf, was de grootste van allemaal had zijn Silvia voldaan vastgesteld. Zij lette op zulke dingen. Zij hield van het grootste, het mooiste, het meeste, het fijnste, het duurste, het nieuwste. Niets mocht aan haar neusje voorbijgaan. Zij had recht op het goede der aarde. Zij verwachtte dat haar pad louter over rozen zou gaan. Wie zou het haar niet naar de zin willen maken? Iedereen moest haar behagen en dienen. Waarom eigenlijk? Omdat zij bestond, deze schitterende roodharige, met haar omberen ogen en haar melkwitte hals.

Maar ze was ook heel bedreven in het vergulden van wat haar toeviel, ze braadde alle boter uit het bestaan, ze wist als geen ander nachtegalen van haar mussen te maken. Bij haar vriendinnen had ze hem afgeschilderd als Prince Charming. Hoed af voor haar fantasie en haar overtuigingskracht, daarvoor hoefde hij niet in de spiegel te kijken.

Was die eik op hun erf eigenlijk wel de grootste van alle?

Zoals die eiken hier in de omtrek erbij stonden, leken zij wel de vooruitgeschoven krijgers van een geheimzinnig legioen, dat nog onderaards lag te wachten. De eenzame verkenners hadden zich volgens een ondoorgrondelijk patroon her en der in het landschap gevestigd, dat ze op een vanzelfsprekende manier al gevangenhielden. Zonder hun onverbiddelijke aanwezigheid zouden de velden hier voortgolven tot aan de horizon en rondom rijk uitwaaierende panorama's bieden aan het oog dat onbelemmerd naar alle kanten kon weiden zonder op een obstakel te stuiten. Nu kwam het oog nooit ver.

Wie van hier uit naar de horizon wilde, moest een sluiproute zoeken.

Hij leunde met zijn voorhoofd tegen het vensterglas en sloot zijn ogen. Hij hoefde ze niet te openen om de eiken te tellen. Hij kende ze allemaal. Net als zij had hij hier zijn wortels. Deze plek, waarnaar hij was teruggekeerd, was een stukje van zijn grootvaders landgoed geweest. Het had hem goed gedaan het decor en de rekwisieten van zijn jonge jaren vrijwel ongerept terug te vinden. Maar hij was de enige van de familie die er zo over dacht. De anderen hadden hun bezittingen in deze duistere contreien maar al te gaarne van de hand gedaan om opgelucht te vertrekken naar wat zij noemden beschaafde gewesten.

Silvia keek in het begin behoorlijk sip toen hij zijn in haar ogen glansrijke en voorname status zomaar had afgelegd. Zij bokte alsof hij achter haar rug iets had bekokstoofd wat niet deugde. Hij dacht met een mengeling van vertedering en verbazing terug aan de parmantige manier waarop ze had verklaard dat ze haar eigen roeping in de bejaardenzorg op had gegeven ter wille van hem. Maar haar offer werd blijkbaar niet gewaardeerd, hij legde zijn lancet zomaar neer, hoe kon hij het doen, nu zaten ze als twee werklozen tegenover elkaar. Maar wel werklozen in goeden doen, suste hij haar en hij had voor haar zijn landelijke plannen ontvouwd. Het waren al sinds lang zijn plannen voor de oude dag geweest, maar zo noemde hij ze nu natuurlijk niet meer. Hij had het over paradijselijk leven op het platteland, een tweede jeugd midden in de natuur, niet te ver van de grote stad voor nu en dan een snufje cultuur, zouden zij paarden of honden of Nubische geiten fokken, zouden zij zwarte rozen kweken of purperen?

'Dan wil ik een tuin als Vita Sackville-West,' had de engelachtige meteen enthousiast gezegd. Hij had geen idee van de tuin van Vita Sackville-West, maar deze reactie van haar was weer zo'n staaltje van haar benijdenswaardige levenskunst. Bij het aankaarten van het platteland hadden haar ogen afwijzend gestaan en haar neusje had zich humeurig en teleurgesteld gerimpeld, maar hij had de paarden, de honden en de zwarte rozen nauwelijks genoemd of zij straalde alweer en een blos van verwachting had haar wangen gekleurd. En de tuin van Vita Sackville-West was er uiteraard gekomen, hoe Kommert Knoop en zijn zoons van het tuincentrum ook met de tanden hadden geknarst en binnensmonds hadden geprutteld. Alles in de tuin had wit, wit en wit moeten zijn, bloemen die het waagden niet wit te zijn werden genadeloos vervolgd, wie toch durfde te bloeien met een piepklein geel hartje werd zonder pardon uitgerukt, het gazon werd nauwkeurig van madeliefjes geschoond.

Silvia was eerder dan hij volledig opgegaan in plattelandse geneugten. Terwijl hij enige tijd nodig had gehad om te wennen aan zijn nieuwe landjonkersbestaan, was zij al meteen de eerste week in haar ruitjesjurk op een fiets naar de markt gereden en teruggekeerd met twee gaatjesdozen vol wyandottes, waarvan de helft hanen bleek te zijn. In de herfst monsterde ze zich uit in stemmige Donegaltweeds en oogstte in de bongerd met een mandje aan de arm eigenhandig de onvolgroeide appeltjes en de wormstekige peren.

Ze stuurde de Knopen in augustus op wilde-eendenjacht. Op het weiland stond een Shetlandpony waarmee ze ronddolde als een moeder met haar kind, ze had al aangekondigd dat ze paardrijlessen zou nemen en dat ze een schimmelhengst ging kopen die ze Parcival zou noemen. Ze raapte wel eens zelf eieren, maar meestal was deze of gene van de familie Knoop haar al voor geweest. De mannelijke Knopen vlogen voor haar. Of het nu om het planten van een vlierstruik bij de keuken ('dat brengt geluk!') of het uitmesten van de kippenren ging.

Aan het geluk van Silvia mankeerde niets. 's Nachts klauterde ze soms uit het grote, ronde waterbed – een aanschaf waarop zij gniffelend had aangedrongen – en dan wiegde ze in haar witte, doorschijnende nachtpon naar het open raam en blikte op naar de sterrenhemel, hem uit zijn dommel wekkend met haar onstuimig gekraai: 'Waar is het zo mooi als hier en waar ruikt het zo lekker?'

Vervolgens deinde ze naar haar kaptafel om zich royaal te besprenkelen met haar zwoele parfum. Gehuld in een penetrante wolk, even onverdraaglijk lijflijk aanwezig als het gezoem van de muggenzwermen elders in het vertrek, sprong ze guitig als een jong meisje, verdomme man, zeur toch niet, ze is bijna nog een jong meisje, terug in bed om zich over hem te ontfermen. Het bed klotste, het schommelde, golfde, het bed bracht hem een enkele keer, wel eens, al te vaak een oude, Haagse hoer in gedachten, die het Nijlpaard werd genoemd. Die vrouw was in zijn studententijd al op sterven na dood geweest en ze had een zwart uitgeslagen been gehad alsof het bederf al was begonnen, tandeloos was ze ook, maar nog druk in bedrijf. Met haar ampele lijf had ze een hele deuropening gevuld op de Bierkade. Zijn koala was er vroeger nog wel eens in geslaagd het Nijlpaard weer te verdringen.

Ach, zijn koala. Als zijn jonge vrouw te zijner tijd een

beetje minder vitaal zou worden, als zij af en toe een beetje stiller zou zijn, dan kon hij zich misschien weer het jongetje wanen dat met zijn wang tegen de bolle buik van een lauwe, vertrouwde makker luistert naar de regen die op het pannendak klettert.

Maar het regende niet.

Het was de vijftiende mei en de zon was opgekomen, al fel en al warm. Silvia was jarig. Zij was een Stier, 'denk erom' had ze vannacht proestend geroepen.

Dat ze een stiertje was kon hij wel zien aan haar korte, vuurrode krulhaartjes en aan haar glanzende, gespierde gestalte. Hoe boos had ze hem met haar kop in zijn lendenen gebonkt. Maar nu sliep zij en wellicht zou zij hem straks zijn onvermogen vergeven.

In het aangrenzende veld was beweging. In de gewassen werd een snel spoor getrokken, een zich wild voortspoedend riviertje dat even bovengronds opdook. Ook werd het bovenstuk van de loop van een geweer zichtbaar en er klonk geknal. Het leek wel of de kraaien er in de lucht spartelend vandoor gingen, maar zij vielen in elk geval niet naar beneden.

De zwarte jager die uit het veld te voorschijn trad was niet alleen, in zijn voetsporen huppelde Gerina Knoop, die haar kleren in haar hand droeg in plaats van aan haar lijf.

Gerina sprong met de lenigheid van een zeventienjarige over het tuinhek heen en wenkte haar metgezel, die zij het bundeltje kledij aangaf. Hij nam het onder de arm waarin hij ook zijn geweer droeg, nu met de loop naar beneden. Met zijn vrije hand schudde hij haar nog even vermanend heen en weer aan haar paardenstaart, toen keek hij met een scheef lachje toe hoe het meisje een arm vol bloemen plukte uit de tuin van Vita Sackville-West.

Wiebe overwoog een seconde om met zijn knokkels op de ruit te roffelen. Maar die inmenging zou het idyllische tafereeltje beneden te wreed hebben verstoord.

Zou Waldrada de grootmoeder zijn van dit kindje dat bloot door zijn tuin dartelde?

Kindje? Een roos in de knop, mooier, begeerlijker dan nu zou ze nooit worden. Het was geen wonder dat de jonge Gielissen geen oog van haar afhield. Kon deze mirakelse veearts niet beter zijn ronde langs de kistkalveren maken?

Wiebe slaagde erin zich af te wenden.

Silvia had gisteravond, aan haar kaptafel zittend, voor zij in bed kwam, ineens angstig gepiept dat haar aftakeling was begonnen: vandaag werd zij dertig. Hij had gezegd, met zijn overtuigendste geneesherenstem, dat er in haar geval beslist nog geen sprake van aftakeling was.

Had hij dan moeten zeggen: jazeker, jouw hoogtepunt is ook al voorbij?

Gelukkig had ze hem daarna, alsof er niets aan de hand was, weer opgeruimd de oren van het hoofd gesnaterd over de belangrijke gasten die haar verjaardag zouden opluisteren. Trots als een schoolmeisje met allemaal achten op haar rapport had zijn lieverd hem aangekeken; weet je wie zij ook had geïnviteerd omdat het natuurlijk ook een beetje zijn feestje was? Harry, zijn ex. Omdat hij had gezegd dat hij nog altijd zo goed met zijn ex kon praten.

Hij had het hart niet gehad om te zeggen dat iemand als Harry een gebruiksaanwijzing behoefde, dat ze een speciale behandeling vereiste, maar hij hoefde niets te zeggen, want ze had zijn weifelingen van zijn gezicht gelezen.

'Ouwe teut, zit niet te mokken. Ik heb Harry gevraagd omdat je je anders toch maar weer zit te vervelen.'

Ze had de kameraadschappelijke toon goed getroffen.

'Dat ik je niet voor de voeten loop bedoel je.'

'Dat je me niet voor de voeten loopt, ouwe mokkende teut van me.' Hij zag op tegen de komst van Harry, maar hij wilde liever niet weten waarom.

Wat kon Silvia hebben bewogen haar uit te nodigen, Silvia die schoonheid en onberispelijkheid zo hoog in haar vaandeltje had staan, die met niets minder dan alleen met het volmaakte genoegen wilde nemen? Silvia die helemaal niet hield van oud, ziek en zwak. Wilde ze ten overvloede tonen dat zij van zijn twee vrouwen de mooiste was, een godin, een Juno, die haar hooggewelfde voet achteloos op een verschrompeld herfstblad kon zetten?

Daar stond Silvia voor hem.

Als hij niet zo in zijn mismoedige mijmeringen verzonken was geweest en beter had opgelet, had hij geroken dat ze er aankwam, haar zware parfum ging haar als een boeggolf vooruit. Ze had zich gehuld in een oranjerood gebloemd doorschijnend gewaadje en ze had haar guitige kuiltjes in haar wangen. Ze lachte al haar pareltandjes bloot. Hij betrapte zichzelf op een schielijke blik in de tuin. Hij vergewiste zich ervan dat de naakte nimf was vertrokken, zo-even had hij ook het geluid van de Range Rover van de veearts gehoord.

'Heb je je hier verstopt voor mij?' koerde Silvia. 'Dacht je dat ik nog bosiewosie was? Lieverd. Nee hoor, ik ben jarig en jij een beetje ook.'

Tot zijn verbazing, die snel overging in benardheid, zonk ze voor hem neer op de grond en trok zijn knieën vaneen. Ze pelde zijn geslacht dat nu zowel perplex als amechtig was, uit zijn pyjamabroek. De herkansing kwam te onverwacht naar zijn smaak. Zij sabbelde op hem alsof zij haar leven ermee moest redden. De gedachte aan een geurig, taps toegerold sjekkie was ineens alverheersend, al hield hij zich nog zo fanatiek voor dat hij grif zijn koninkrijkje zou willen geven voor de liefdesbetuigingen van deze beluste godin. Hij wilde roken. Maar hij liet zich verzwelgen. Zij kon er wat van. Daar zou basalt nog van smelten.

Ontroering en verlegen dankbaarheid doortrokken zijn leden. Hij ging zich met huid en haar aan haar uitleveren. Hij had zijn overgave nog niet eens zelf in de gaten of ze liet hem alweer koud aan zijn lot over. Ze sprong kwiek overeind. Haar doorschijnende kleedje sloeg ze preuts om zich heen.

Ze fleemde: 'Vanavond lekker verder, als je tenminste zoet bent op mijn verjaardag.'

Haar verjaardag was een aaneenschakeling van hoogtepunten, een spektakelstuk. Hoe kon het anders, met zoveel uitgelezen gasten, zoveel beroemde, geleerde, kunstzinnige, verwende, mondaine en mooie mensen.

Sommigen die Wiebe de hand drukten vergaten achteloos hun naam te noemen, maar er waren er ook bij, de meesten helaas, die luid en duidelijk hun naam scandeerden, hem met een soort doodskoppengrijns aanstaarden en zijn hand stevig bleven vasthouden tot hij eindelijk het gewenste teken van herkenning gaf. In het begin had hij er de klem van in de kaken gekregen en hij had overwogen om maar gewoon te zeggen dat hij hier ook maar een eenvoudige inboorling was die nergens aan meedeed en nergens van wist, maar haar verzoek om zoet te zijn op haar verjaardag wilde hij niet meteen in de wind slaan.

Dus nu begroette hij iedereen met een lafhartige uitroep van verrassing: 'Aha, als ik me niet vergis bent u...' en dan werd de rest direct uitvoerig door de aangesprokenen ingevuld, of dezen nu konden bogen op internationale vermaardheid of slechts behoorden tot de stumpers uit de omgeving.

Van deze stumpers onderscheidden een paar zich kwalijk door de bevoorrechten aan te klampen en om een handtekening te vragen, maar het merendeel van de plattelanders bleef angstvallig op een kluitje bij elkaar staan, sloeg wantrouwend het feestgewoel gade en weigerde toe te tasten.

Er zou weinig terechtkomen van Silvia's optimistische plan om met haar feestje bij die boerenhufters goodwill te kweken. Misschien had hij haar nog eens opnieuw moeten waarschuwen voor de halsstarrigheid en de eenkennigheid van dat volkje hier.

Maar zij zou weer niet hebben geluisterd. Naïef en eigenwijs had ze hem tegengesproken als hij haar luchtig had gewezen op de kwaadaardige, donkere inborst van de inboorlingen hier.

'De natuur is hier zo mooi, hoe kunnen de mensen dan zo bokkig zijn als jij zegt?'

'Nou, waarom denk je dat het hier altijd zo stil is gebleven?' Zij haalde haar schouders op, zij had niets te klagen. Kommert Knoop en zijn zonen holden van hot naar her om de wensen van hun jarige meesteres te vervullen nog voor zij ze uit had kunnen spreken. Zijn poging om Kommert even terzijde te nemen om naar de gezondheid van moeder Waldrada te informeren, rekende zijn Stiertje hem als ordeverstoring aan.

'Houd ons mannetje niet van zijn werk,' berispte zij hem, 'bemoei jezelf liever eens met de gasten. Is Harry er al?'

Uiteraard was Harry er niet. Harry kwam als het haar schikte, wanneer het haar schikte en met wie het haar schikte.

Om niet nog meer slechte aantekeningen te verzamelen ontvluchtte hij de partij.

Hij had lucifers meegenomen.

De contrabande bevond zich in de gastenbadkamer. Hier had hij een schuilplaatsje voor zijn zware Javaanse jongens gevonden, waar ze niet vochtig werden, maar lekker knisperig bleven, in de uitsparing voor de indirecte wastafelverlichting. 's Zomers werd die verlichting toch nauwelijks gebruikt, dus het verse pakje dat hij daar nu voortaan stand-by hield achter een neonbuis wierp geen verdachte schaduwplekken en het zou ook niet uitdrogen.

Er was geen enkele plek in de badkamer van waaruit het pakje shag was te zien, dat had hij terdege bestudeerd. Alleen als je heel diep onderuitzakte op de wc, als je op de bril zeg maar ging liggen, dan ontdekte je het, tegen de wand aan gekleefd, raadselachtig en sierlijk, als een overwinterend vleermuisje. God verhoede dat Silvia het in de gaten kreeg. Zelfs als het een overwinterend vleermuisje was, nee, wees eerlijk, júíst als het een overwinterend vleermuisje was, dan zou ze het zonder aarzelen verdelgen. Vleermuisjes hoorden niet te bivakkeren in haar mosgroene, marmeren badkamers. Alles moest spic en span zijn in haar kasteeltje. Ze duldde van niets of niemand inbreuk in haar domein. Ze maakte verbeten jacht op de vliegen die op de zachtgroen geverfde kozijnen neerstreken, ze gedoogde ook de spinnetjes niet die hun web wilden weven in verloren hoeken van kelder of zolder, ze bekeek met achterdocht de zwaluwen die zich onder de binten van háár dak hadden genesteld en er was geen sprake van dat er lollige paardenbloemen mochten verschijnen in haar grote, biljartlakengroene gazons.

Hij liet haar maar, want hij had het huisje gezien waarin zij was opgegroeid. Dat doorzonhuisje had nog heel wat kleiner geleken dan het riante hondenhok hier in de tuin.

Verdomme, zijn oude Rakker stond niet meer kwispelend aan zijn knie. Waarom stond zijn oude Rakker niet aan zijn knie? Dat dier kende elke stap van hem al bij voorbaat. Het wist eerder wanneer hij wakker was dan hijzelf. Hij had wel eens de proef op de som genomen en geprobeerd om vroeger op te staan dan die hond. Geen schijn van kans. Was er iets mis met zijn gabber, vroeg hij zich onnadenkend af en daar overviel hem zo'n pijn dat hij moest gaan zitten, dubbelgeklapt voor zover zijn buik het toeliet, op de wc.

Dit had hij nooit mogen toestaan, ook al was het beest bijna dertien geweest. Het beest had toch nog lol gehad, het keek nog met zulke verrukte ogen naar hem op en ja, met dezelfde verrukking en ook vol vertrouwen en nietsvermoedend had Rakker naar zijn nieuwe bazinnetje gekeken. Rakker had nog gegeten als een hollebolle Gijs en hij ravotte bij vlagen nog in de tuin, maar ja, dat was het hem nou, hij ravotte te ongecoördineerd, hij verwoestte de vroege krokusjes en plette de lieflijke lelietjes-van-dalen en hij piste waar hij stond, parket, marmer, pers, maakte Rakker niks uit.

Toch had hij het nooit mogen toestaan.

Maar zij hield immers niet van oud, ziek en zwak, hij

mocht niet doen of hij dat niet had geweten.

De pijn bleef maar hij rookte nog niet. Hij wilde erbij gaan zitten zoals de Javaanse jongens zaten, zo ontspannen, gehurkt of met een opgetrokken knie en een losjes afhangend been, dat lukte hem niet, daar moest je net zo relaxed als die jongens voor zijn.

Zo relaxed als die jongens eruitzagen was hij vroeger geweest, met Henriëtje, hun honden, hun katten, hun huishouden van Jan Steen. Interesseerde het eigenlijk nog iemand of hij wel of niet rookte? Misschien zag Silvia hem liever vandaag nog dan morgen onder de zoden.

Moedeloos rokend, toch weer verslagen, hing hij uit het raam en tuurde naar beneden in het gebladerte van de eik. Daaronder krioelden de feestelijkheden, allerlei soorten gelach, parelend, gorgelend, gillend, bassend en bulderend, stegen op.

De tocht met de taart was een triomf geweest, want het jongste kind Knoop, een ventje niet ouder dan vijf, was als een Moors slaafje achter Silvia aan gestapt met een gigantische parasol die het hoog in de lucht hield zodat de jarige en haar taart daaronder veilig tegen de zon waren geborgen. Het opklinkend applaus had een eenzaam overvliegende straaljager met gemak overstemd.

De meizon scheen uitbundig en het werd nog almaar warmer en warmer, hoewel de zon nu allang over haar hoogste punt heen was en naar de bosrand in het westen neeg. Overal in de tuin, op het gazon, weggehangen aan stoeltjes maar ook aan struiken, slingerden colbertjes, jasjes en sjaaltjes. Wie goed keek vond ook afgestroopte kousen en uitgeschopte schoentjes, maar van dit alles ging de onschuldige, vrolijke sfeer uit van een kinderpartijtje met ballonnen en limonade.

De gasten zochten eensgezind bescherming tegen de hitte onder de eik die, ofschoon van eerbiedwaardige ouderdom, nog zo welig in zijn lover zat. Silvia's vrees dat de majestueuze boom zich verstoord zou verheffen was niet gegrond, het zag er eerder uit alsof de eik zich uitsloofde om de gasten schaduw en verkoeling te bieden.

Nu hij zich had gedrukt van het feest, scheen er niets meer te kunnen misgaan. Hij had het nog niet gedacht of hij zag en hoorde over het knerpende grind van de oprijlaan Harry naderen.

In haar kielzog een paarsneuzige zwerver. Ondanks de hoge temperatuur droeg de rijzige oude landloper een hoed en had hij zijn regenjas tot aan de kin toe dichtgeknoopt. In zijn schaduw sloop een broodmagere Mechelse herder mee.

Harry zelf zwikte onverstoorbaar voort op zulke hoge hakken dat het wel stelten leken. Haar beentjes waren nu zo dun als lucifersstokjes. Op haar aandoenlijke chimpanseekoppie stond nog slechts een pluk haar overeind, die had grijs moeten zijn maar was blijkbaar geverfd. Hij keek gauw met knipperende ogen in zijn pakje shag, ja, Harry's laatste plukje haar had de kleur van Javaanse jongens, ebbenhout met een zweempje roestblond.

Hoeveel liever had hij in Ierland staan vissen, om maar eens iets te noemen, in een zijtak van de Shannon, de voeten stevig op de bodem geplant, koel en vrolijk water tot aan de liezen, hij hoefde natuurlijk niets te vangen, sterker nog, hij wilde niet eens iets vangen, God verhoede dat een wild spartelende met de staart slaande zalm in zijn armen sprong, nou ja, nu stond hij even schutterig tegenover zijn ex-vrouw, die zijn uitgestoken hand negeerde, maar hem welwillend opnam, van top tot teen. Ze zei echter niets. Ze neuriede een onduidelijk wijsje en tikte met de spitse punt van haar schoen de maat in het grind, ze nam een ontspannen en afwachtende houding aan en begon na een poosje, door het neuriën heen, zelfs naar hem te glimlachen.

De oude zwerver had blijkbaar te lang op een en dezelfde plek moeten staan, hij begon eerst langzaam en toen steeds sneller te tollen.

'Wat is er aan de hand met je vriend?' vroeg Wiebe bezorgd. Hij stond paraat om de oude baas op te vangen.

'Weet ik dat,' antwoordde Harry goedgehumeurd. 'Ik heb hem in de stationsrestauratie opgeduikeld. Hij zei dat hij al in geen week had gegeten en toen dacht ik...'

'Ik heb in geen dríé week'n gegeten,' verbeterde de zwerver haar.

'Daar zullen we wat aan doen.' Ze nam de zwerver bij de arm en gedrieën zetten zij koers naar de feesttafel. 'Je laadt je maar vol, broeder, je bent hier in luilekkerland! Drank, eten, alles hebben ze hier.'

Gearriveerd bij de heerlijkheden onder de boom opende de oude man een beschimmelde katoenen tas, die hij vliegensvlug uit de zak van zijn regenjas had gehaald. Hij liet er meteen een hoeveelheid hartige hapjes met Wedgwoodschaal en al in verdwijnen. Daarna diepte hij uit dezelfde zak nog een bril op met dikke glazen die hij verder als loep gebruikte om de rest van de lekkernijen te verkennen. Wat hem beviel schoof hij, steeds met servies en al, in zijn tas. Het leek alsof de hond zich van deze activiteiten wilde distantiëren, het dier verdween met gebogen hoofd onder de tafel. Harry wreef in haar handen.

'Kijk die ouwe zak het naar zijn zin hebben,' glunderde

ze. 'Als alles eens zo gemakkelijk was.'

Wiebe wilde vragen wat er dan niet gemakkelijk was, maar wist dat bijtijds binnen te houden.

Ze had zich clownesk opgeschilderd, hij griezelde van de fuchsiarode wangetjes, die geen wangetjes waren maar holletjes en hij durfde nauwelijks te kijken naar die nog veel diepere holten, haar oogkassen, waarin het overigens schitterde van goud, zilver en groen.

Het vermoeden dat hij haar nu en hier voor het laatst zag kneep zijn keel dicht. Hij vermande zich. Hij moest vooral niet vragen wie haar nu behandelde. Alsof hij nog iets zou kunnen uitrichten.

Hij hoorde vlakbij het stuiterende, opgewonden lachen van Silvia.

Hij pakte met een gebaar van verstandhouding Harry's nietige bovenarm om haar weg te voeren van dat bulkende gelach, hij schrok ervan hoe futloos slap haar vel aanvoelde. Harry sloeg zijn hand weg. 'Rot op met die klauw, meneer de chirurg,' viel ze bits uit, 'ik wil mijn andere tiet wel houden, ja?'

Ze had het geschreeuwd, iedereen had het moeten aanhoren, er viel een stilte. Maar Silvia liet zich niet uit het veld slaan. Op haar feest geen wanklanken: 'Ze kunnen tegenwoordig anders heel veel,' zei zij dapper. 'Er wordt elke dag weer wat nieuws uitgevonden, o, ik weet zeker dat het weer goed komt.'

Ze maakte aanstalten om Harry te omhelzen, maar die ontweek haar. Met haar schorre, kwajongensachtige geluid kraste ze: 'Ouwehoeren jullie eens niet, lui. Ik zoek gewoon mijn heil bij de Koortsboom. Staat-ie er nog, Wiebe?'

Hij begon opgelucht te lachen. Gered door de Koortsboom. Ja, die stond er natuurlijk nog steeds.

'Laat de lammen zien en de blinden lopen!'

Harry zette haar handen als een toeter aan haar mond: 'Komt dat zien, komt dat zien! Kom kijken wat de Koortsboom kan.'

Het illustere verjaardagsgezelschap ging op weg.

Hij ontdekte te laat dat Silvia's ogen rond waren van schrik, onbetamelijk veel gasten hadden zich laten ronselen voor Harry's pelgrimage.

'Die domme boom is toch alleen voor toeristen?' loeide zij, maar de gasten murmelden dat er meer was tussen hemel en aarde.

Toen ze waren vertrokken richtten Silvia's ogen zich roodgloeiend op hem. 'Waarom moest je over die gore boom beginnen?' stootte ze uit. 'Dat onmogelijke ding met zijn vieze lappen. Het is een schande dat ze zo'n boom niet omhakken.'

'Liefje,' suste hij, 'het is een legendarische boom en dichters hebben hem gloedvol bezongen.' Ze had zijn troost niet meer nodig want daar draaide de Range Rover van de veearts het grindpad op en Silvia draafde erheen of zij zijn komst al de hele dag had verbeid.

'Wie mag hier nu weer voor zijn bestwil inslapen?' mompelde Wiebe. Hij kon zich niet herinneren de naam van de ballensnijder te hebben gezien op de gastenlijst.

De zwarte jager kwam met een soepele sprong zijn automobiel uit, hij verspilde zijn tijd niet aan een begroeting maar beende meteen door, alsof er haast bij was. Het Stiertje dribbelde hem achterna.

De knul op de terreinfiets die altijd dwars door de moestuin kwam aan crossen, zag vandaag kans het avondblad de vijver in te laten zeilen. Er waren vorige week nieuwe siervissen in uitgezet, die misschien niet gebaat waren bij neerdwarrelende elementen in hun nog onwennige wereldje. Wiebe probeerde, behoedzaam om de ontluikende waterlelies niet te beschadigen, met een hark het Fremdkörper eruit te vissen.

Hij lag nog voorover aan de oever van de vijver, op het punt om weg te dromen, toen hij de stoet die nog maar kort geleden op pad was gegaan alweer luidruchtig hoorde terugkeren.

Men mopperde.

'Kale takken!'

'Dode boom, dorre boel.'

'Geen kracht meer.'

'Ik zeg jullie toch, híér moeten we zijn.'

Hij hoorde Harry overal bovenuit.

Hij sloeg de doorweekte krant op het droge en snelde met de hark in zijn hand in de richting van wat nu op tumult leek.

Er had zich een dichte kring bij de feesttafel gevormd en het eerste dat hij zag, maar op hetzelfde moment wenste níét gezien te hebben, was een vleeskleurig, topzwaar lijkend kledingstuk, dat de lucht in vloog en toen netjes landde in het gebladerte van hun eigen eikenboom.

Hij hoopte maar dat hij zich vergiste en dat het triestige ding niet de prothetische bustehouder van Harry was.

'De oude boom heeft de fakkel doorgegeven aan deze nazaat,' hoorde hij haar kraaien, weer boven iedereen uit.

'Dan wens ik van hem mijn bariton terug.' De eens gevierde operazanger die impresario was geworden liet met een elegant gebaar de foulardzijden sjaal die hij altijd nonchalant om zijn hals had geknoopt als op eigen kracht omhoogfladderen.

Wiebe baande zich een weg tussen het opgewonden ratelende en op en neer springende groepje door. Hij maakte brede gebaren en riep kalmerende woorden maar niemand luisterde.

Iemand pakte hem stevig vast bij zijn broekband. Hij draaide zich om en bevond zich oog in oog met de oude Waldrada. Het was Waldrada toch? Zij moest het wel zijn, maar zij was uit het niets opgedoken.

Zij was nu zelf het evenbeeld van een knoestige eik. Maar wat deed het hem goed haar te zien. Zou hij haar een hand geven of haar gewoon omhelzen?

Maar Waldrada weerde hem af en op strenge toon, bijna zonder haar lippen te bewegen, riep ze hun feesteik aan met: 'Leve de Koortsboom.'

Zij had het teken gegeven, nu vielen uit alle gelederen onzichtbare omstanders haar bij. 'Leve de Koortsboom.'

Het kwam als uit één mond. Ergens hoorde hij ook Harry's krassend geluid. Maar hij zag haar nergens. Hij ging naar haar op zoek. Hij botste op tegen een charmante tweehonderdponder, een even succes- als omvangrijke societyschilderes, die was aangetreden in een veelkleurige poncho waaronder zij verder niets droeg, zoals zij iedereen al een paar keer met een olijk lachje had verklapt. Ze hield hem staande.

'Zeg, zou die boom helpen voor vermageren?' vroeg ze, terwijl ze met een vinger haar ene ooglid naar beneden trok. Zonder zijn antwoord af te wachten trok de kunstenares het exotisch gewaad uit boven haar hoofd en wierp het de boom in.

Gejuich ging op. Nu vloog een toupet omhoog, nieuw gejuich klonk, hier volgde er onder daverende aanmoedigingen nog een.

Uit het huis kwam wankel de paarse zwerver aanzetten.

Hij had zijn hoed diep in de ogen getrokken tegen de late stralen van de zon. Hij moest de weg naar de keldergewelven hebben gevonden, want hij hield een met diepvrieskou bedauwde fles Wyborowa in de hand. Hij schuifelde naderbij met lange passen die van links naar rechts gingen. Zijn jampotbril stond op zijn neus en met van inspanning tot speldenknopjes toegeknepen oogjes zag hij erop toe dat hij netjes op de grillig aangelegde paden bleef. Pas toen hij op een vrolijk groepje feestvierders stuitte en niet verder kon, richtte hij de blik naar boven. De boom was nu al rijkelijk voorzien van bizar fruit.

Met een resoluut gebaar trok de zwerver de bril van zijn neus. Hij wilde niet zien wat hij zag. Hij wreef met zijn arm een paar maal langs zijn vochtige voorhoofd en zette het toen op een boeren, angst en verbazing ontsnapten als luchtbellen aan zijn gepekeld lijf. Hij maakte rechtsomkeert en probeerde, nu wel reddeloos door alle bloemperken heen slingerend, de richting naar het huis terug te vinden, maar ineens dook Harry naast hem op en geruststellend op hem inpratend duwde ze hem terug naar de boom.

'Let op!' schreeuwde ze en ze goochelde de bril van de man te voorschijn. Ze verzocht plechtig om stilte en liet het voorwerp onder de belangstellenden rondgaan. Sommigen zetten het even op. 'Maar die vent is blind,' werd er eerbiedig geconstateerd.

Toen de bril bij Harry was teruggekeerd, wierp ze het ding onverschillig de boom in. Men wachtte gespannen af, maar het keerde niet terug.

'Zei ik het niet?' kreet het clowntje. 'Een wonderboom is het. Hij geeft die bril nooit meer terug.'

‘In een vogelnest blijven hangen,’ mompelde de zwerver. Hij schudde zijn hoofd. ‘Die bril had ik gevonden in Franeker.’

De warmte werd ondraaglijk. Het begon al vagelijk naar regen en onweer te ruiken. Het had al gerommeld in de lucht, die van lavendelblauw in een zwavelig geel was overgegaan.

Nadat het eerst een beetje lamlendig had gedruppeld kletterde het hemelwater plotseling in harde stralen neer.

De dronken meute stoof naar binnen, zonder zich de tijd te gunnen om zijn bezittingen bijeen te garen.

Binnen wachtte de verrassing van een knappend haardvuur, waarboven de Knopen vlees aan het roosteren waren. In een heksenketel die aan een driepoot boven het vuur hing dampte geurige soep. Rechts van het haardvuur, in de zetel van de heer des huizes, zat de zwarte jager te oreren, zijn gelaarsde benen over elkaar geslagen, zijn fraai, demonisch gelaat hooghartig afgewend van het onderdanig aan zijn voeten hurkende diertje dat in elkaar kromp onder zijn striemende woorden. ‘Wat is hoefbevangen dan?’ huilde het half en het klampte zich vast aan de knie van de duivel en stamelde: ‘Wat doe ik dan allemaal fout?’

Deze Mefistofeles, alsof hij dat handje op zijn knie niet voelde, verrees achteloos in al zijn magere schoonheid, terwijl hij ook nog eens aandachtig alle knokkels van zijn vingers liet knappen. ‘Ik kom van de week nog wel eens langs,’ zei hij en gleed met zijn bordeauxrode ogen onaangedaan langs Silvia’s lijf, ‘och ja, ik kom van de week wel even.’

Hij spoedde zich de kamer uit zonder iemand te groeten.

Silvia kon Wiebe bij het achterhalen van de veearts op het nippertje ontwijken. Ze had haast. Haar mondje halfopen, haar ogen halfdicht, hij kende die uitdrukking op haar gezicht. 'Ik ben een beetje geil op de veearts,' zou ze vannacht zeggen, terwijl ze zich extra knus in zijn armen nestelde, 'niet boos zijn hoor, ik zeg het toch eerlijk?'

Bij de paraplubak haalde Wiebe haar in, ze was er juist in geslaagd de deserteur tot staan te brengen.

'Het regent een beetje,' zei Wiebe. Het drong niet tot haar door. 'Ga nou even mee naar de stal,' smeekte ze en het scheelde maar een haar of ze had zich om de nek van de zwarte geworpen, die geamuseerd op haar neerkeek, maar zich toch uit de voeten maakte.

'Toe nou,' riep ze hem na.

Toen hij niet stilstond en niet eens meer op- of omkeek stortte Silvia zich blindelings de hoosbui in. De regenstralen vormden intussen zo'n dicht gordijn dat zij binnen een paar seconden aan het oog was onttrokken.

Voor haar verleidingskunsten was de jager waarschijnlijk toch bezweken. Donder en bliksem braken los aan het eind van de nacht en toen kwam ze pas aan geheupwiegd, lui, droog en kalm.

Voor ze in bed kwam bewonderde ze zichzelf in de spiegel, ze tilde haar borsten met haar handen hoog op en bekeek zichzelf van alle kanten goedkeurend. De felle lichtflitsen die af en toe het spiegelbeeld doorkliefden, stoorden haar niet, ze droomde verder, misschien sliep ze al.

Maar na enige tijd hoorde hij geprevel. 'Wiebe. Sneu nou.'

Haar gedachten waren er niet bij, ze vergat om te kijken of hij zich slapende hield, zoals de bedoeling was. Zo was het tenminste de vorige keren gegaan, dat hij zich koppig slapende hield en dat zij dan boven op hem klom en met een onschuldig stemmetje haar bekentenissen deed. Nu plofte ze geeuwend naast hem neer en stak een handje uit dat hem niet bereikte. 'Truste,' fluisterde ze. Na een tijdje kwam het stemmetje, pruilend, toch nog.

'Nou ja, sorry hoor.'

Hij zag een flintertje matblond stro op het laken. Of was het een haartje. Zij was uitgeput, ze had nog maar ternauwernood de kracht gehad om de kussens rondom zich op te stapelen tot haar veilige nestje.

Voorzichtig verliet hij het bed. Het lichten was intussen vlakbij gekomen. In het laatste donkerblauw van de nacht tekenden zich om de paar seconden azuurblauwe, elektrische bomen af in de lucht.

In de vroege zondagochtend stond hij onder de eik en overwoog of hij het zootje eruit zou plukken. Het hing er allemaal nog. Alleen de wollen poncho was naar beneden gekomen en lag, zwaar van het vocht, als een berg zwarte dril, op de verjaarstafel die verder keurig was afgeruimd. Hij had de Knopen wel opdracht gegeven de tafel weer af te breken na het feest, maar daar waren ze door het slechte weer zeker niet toe gekomen.

Onder de tafel bewoog zich iets, een spitse, zwartgemaskerde snuit kwam te voorschijn, hazelnootbruine ogen keken hem aarzelend aan.

Hij stak zijn hand verheugd naar haar uit. 'Zo vrouwtje, ben jij gebleven, daar heb je goed aan gedaan.'

De Mechelse kwam naar hem toe en kwispelde wat.

Met de nieuwe gezellin aan zijn zijde drentelde hij om

de boom heen, de wind in de takken liet raadselachtig gefluit horen, maar werd overstemd door gepiep van het smeedijzeren hek. Daarna het geknerp van het grind.

Een dikke, vroeg-oude vrouw kwam naderbij gezwoegd met een herenfiets aan de hand waarop twee merkwaardig modern uitgedoste snottebellen van kinderen zaten, een voorop, een achterop. De vrouw groette kort.

'Mogge dokter.' Zij zette haar fiets op een voetsteun vast in het gazon, tilde de kinderen uit hun zitjes en opende een aan de stang hangende enorme tas, waarop in verbleekte letters Big Shopper stond. Uit de tas haalde ze een pisgeel mannenhemd, rafelig aan de randen. Moeizaam beklom de vrouw de tafel, ze strekte zich puffend en blazend uit op haar korte, door spataders getekende beentjes en plooide toen het hemd liefdevol aan een tak. Als in gebed verzonken bleef ze enige tijd op de tafel staan.

Toen draaide ze zich weer om. Hulpeloos, met angstogen, staarde ze naar de grond.

Wiebe liep op haar af en bood haar ridderlijk zijn hand, die ze aannam alsof het zo hoorde en alsof het altijd al zo was gegaan.

Naar Pandemos

De zaterdagnacht was nog maar net begonnen en er was al een stapvoets rijdende file op weg naar Pandemos.

Aan de hemel twinkelden sterren, hier beneden knipoogden autokoplampen.

De auto's klommen omhoog uit het dal en hun lampen regen een snoer spiraalsgewijs door het heuvelland heen tot aan de grote betonnen parkeerplaats boven. Pop had wel uren naar de lichtjes willen blijven kijken, maar daarvoor waren Bart en zij niet hierheen gegaan.

Aan de rand van het bos tekenden zich door het schrale lover de vage contouren af van het park, dat nog in winterslaap lag.

De tufstenen reuzin was van haar moslaag ontdaan en baadde in schijnwerperlicht, verderop lag Sneeuwwitje wijdbeens in brokken, de zeven dwergen die haar in de zomer hadden beklommen waren netjes langszij op een rij gelegd, hun oudeherenlijfjes decent in canvas pyjama's verpakt. De boze wolf was de winter goed doorgekomen, leep grijnzend loerde hij naar de voor hem uit vluchtende, roze geverfde meisjesbillen en hij hield fier zijn lid, dat op een ananas leek, in zijn klauw. Tussen zijn geweldige wolvenoren had een voorbijganger een boswachtershoedje geplant.

Een heel wat aanminniger aanblik bood altijd de dansende kater, die zijn laarzen had uitgetrokken om een rondedansje te doen, maar die verder geen aanvechtingen vertoonde tot onwelvoeglijke activiteiten. Toch was hij vrolijk, wat je hier niet van iedereen kon zeggen. Deze nacht ontbrak de dansende kater. Ongetwijfeld was hij weer gekidnapt door de buurtvereniging of door liefdadige dames, voor een braderie of een tombola.

Bart was ook nergens meer te bekennen. Zij waren gezamenlijk naar boven gesjokt, maar haar getreuzel verveelde hem zeker. Hij zou haar wel vooruit zijn gesneld, Bart had hier altijd veel haast.

Hoewel het een zwoele lentenacht was droeg Pop over haar frivole lingerie een tot aan haar kin toe dichtgeknoopte, met schapenkrulletjes gevoerde winterjas. Toch liepen haar de koude rillingen nog over de rug. Ze durfde niet door de kleine ramen van de paddestoelhuisjes te gluren, ze durfde niet eens goed te luisteren naar de bronstige geluiden die eruit ontsnapten.

Misschien had Bart zich blindelings in de orgie gestort. Je was volgens hem maar eens jong in je leven. Wat je jong noemt. Bart wilde wel eeuwig jong blijven. Eeuwig jong, zou dat een zegen zijn of een straf? Op deze plek moest je geen moeilijke vragen stellen. Hier kwam niets erop aan, men mocht zich hier in een sprookje wanen, in meer sprookjes tegelijk zelfs.

In het struikgewas murmelden vertrouwde stemmetjes:

If you go down to the woods tonight
you're in for a big surprise

Pop zag heuvelopwaarts het beerachtige silhouet van Bart

wit afsteken tegen de nachthemel, zijn witte pluishaar stond wijduit rond zijn grote hoofd, ze kon zijn gezicht niet zien, maar ze wist dat hij zijn handen als een toeter aan zijn mond zette. 'Olé guapa,' riep hij haar toe, ze noemden elkaar hier niet bij hun namen, ze hielden zich aan het incognito. Iedereen was hier incognito, zoals dat hoort in een bordeel. 'Olé,' riep Pop zachtjes terug.

De villa Pandemos deed alleen doordeweeks dienst als bordeel. Op de stille zaterdagen, wanneer de normale klant vertoefde in de schoot van zijn gezin, opende Pandemos de poorten als 'Parenclub de Dansende Kater, een vermaak voor het hele gezin als de kinderen maar de deur uit zijn'.

Zij hoopte dat Bart zo verstandig zou zijn om eerst gewoon een paar baantjes te gaan zwemmen, voor zijn conditie. Dan kon ze rustig op de rand van het zwembad zitten en hem aanmoedigen.

Ondoordringbaar lijkende stoomwolken hingen boven het turkooisblauwe borrelende water van het enorme niervormige bassin. Gezwollen figuren dreven gezapig rond, als vissen op apegapen met de buik naar boven. Toen zij zich dichterbij begaf zag Pop dat er een hemelse glimlach lag op de wassen gelaten.

Rondom het bad stonden azalea's en vroege rododendrons. De bloemen waren grillig, op het misvormde af en hadden ziekelijke pasteltinten. Pop vroeg zich af of dat kwam omdat ze 's nachts bloeiden.

In hun Japanse tuin, die Bart eigenhandig had aangelegd, bloeiden de azalea's nu ook, maar overdag.

Het spookachtige maanlicht kon nauwelijks door de zwembaddamp heen dringen, het werd zwakjes aangevuld door flakkerend schijnsel van lampions, die lukraak en onverschillig waren opgehangen, sommige op kruiphoogte in het struikgewas, andere weer veel te hoog in de boomtoppen. Langs de door onkruid overwoekerde paden stonden lege sokkels en stenen bankjes die dik waren bemost. Restanten van afgebrokkelde beelden werden half bedekt door gretige klimop, die al hele bomen had ingepakt en tierig voortkronkelde over de grond.

De tuin van Doornroosje.

Verderop schemerde als een witte, vormloze vlek Pandemos.

De oude villa lag tot aan het matgouden koepeldak ondergedompeld in bleke, ver uit hun krachten gegroeide gewassen. Als dat het slot van Doornroosje moest voorstellen! Een verstandige prins zou zijn witte paard de sporen geven en hier ver vandaan gaan.

Maar de met eeuwenoude kastanjebomen omzoomde oprijlaan naar de villa was mooi en voor weekendprinsen en -prinsessen bestemd.

Aan weerszijden van het geboomte lagen gazons waarop manshoog gras tot hooi was verjaard. Hier en daar waren nog vloeiende lijnen te vinden van waterpartijen, nu bijna volledig gevuld met plompenblaren en kroos. Aan sommige bomen in de oprijlaan waren houten borden gespijkerd waarop mededelingen hadden gestaan, nu allang weer uitgewist door regen en wind. Om de zoveel tijd kwamen er nieuwe bij, die nog lang fris geurden naar jong hout en verf. Pop las:

HIER MOGEN GEEN HONDEN NAAR BINNEN,
OOK DE TIBETAANSE MASTIFF NIET.

SPECIAAL DE TIBETAANSE MASTIFF NIET.
EN OOK NIET UW AKITO INO.

Halverwege de laan stond de portiersloge, een paddestoel met een glanzende bruine hoed, een boleet, waar helder licht van uit straalde. Pop probeerde gebukt voorbij te sluipen met haar sandalen in de hand, maar Duitse Gloria stootte de dubbele deurtjes open en vloog met priemende wijsvingers naar buiten.

'Zigeunerinnen! Ausweis bitte!' Gloria was aan alle lichaamsdelen en organen geopereerd, maar zo te zien had zij haar bult weer terug. Zij droeg haar platinablonde vlechten als slakken op haar oren en zij had de doorschijnende kaftan aan, die zij altijd aanhad opdat iedereen kon zien, beklemtoonde zij in strijd met de feiten, dat haar verbouwing volledig was geslaagd.

Het manwijf liet de biceps zwellen, kwam naderbij en stak de mond naar voren, het vouwde de vlezige lippen om tot een tuit en wachtte af.

Pop bekeek de beweeglijke, grove lippen die slordig waren ingesmeerd met een vuurrode pasta waarin pitjes zaten. Zou het sambal zijn? Echt iets voor Gloria om sambal voor haar lippen te gebruiken, de Duitse hield niet van halve maatregelen. Haar dikke beslagen tong kwam traag aanzetten tussen de twee rijen onnatuurlijk witte tanden, haar hoektanden waren ingelegd met helblauwe saffiertjes. Zij schoof haar tong verder naar buiten, wat moeizaam ging alsof het ding zo zwaar was als nat tapijt.

Eindelijk was de lap uitgerold tot op haar kin, ze schudde opgelucht haar enorme hangwangen en keek Pop met toegeknepen oogjes afwachtend aan. Al die tijd had ze onbeschaamd haar hand opgehouden. Pop spuugde tot haar eigen verbazing naar die weerloze handpalm, maar ze raakte Gloria op haar tong.

'Ah, een douceurtje,' mummelde de portierster. 'Ik spuug het niet uit, ik slik het niet in, ik blijf er de hele nacht lekker mee zitten denken aan jou.'

Dit kwam Pop bekend voor, zij had dit eerder gehoord, zovele keren eerder zelfs dat zij zich wel eens afvroeg of het nog wel gewoon ouderdom was dat alles zich zo vaak aan je herhaalde. Zoveel van hetzelfde kon een mensenleven toch niet bevatten, het moest bijna wel reïncarnatie zijn. Voor de portierster moest je oppassen, zei iedereen, wie weet was zij vroeger wel niemand minder geweest dan Catharina de Grote. Maar in geen geval een vent! zeiden de klanten hier, nog niet eens een valse nicht, alleen al aan haar pokkenstreken kon je zien dat Gloria nooit een echte man was geweest.

'Heeft u mijn man soms gezien?' vroeg Pop beleefd.

Gloria wreef in haar handen, lijzig zei ze: 'Drie witte levers vechten het uit, vannacht.'

'Hoe is het mogelijk. Alweer. Het is tegenwoordig wel elke week raak,' riep Pop uit.

'Dus waar denk je dat alle mannetjes zijn?' smiespelde Gloria.

Drie witte levers.

De twintig jaar oude Dikke van Dale die bij Bart in de kast stond en die Pop had geraadpleegd schreef de witte lever uitsluitend aan mannen toe, mannen met witte levers waren vrouwenliefhebbers. Over het omgekeerde werd niet gerept. Misschien was dat in latere drukken gecorrigeerd.

Pop had een keer voorzichtig geopperd dat een witte lever haar misschien goed van pas zou komen sinds Bart zo tierig was door de cellenkuur en hij steeds het onderste uit de kan van het leven wilde.

Maar Bart had met de hand op zijn hart gezworen dat een witte lever voor hem echt niet hoefde. Waar was hij nu eigenlijk?

Duitse Gloria verdween gniffelend in haar paddestoel.

Binnen in villa Pandemos verging een mens horen en zien.

Wie zich hier niet ogenblikkelijk van ganser harte in kabaal en gewemel stortte, moest lijdzaam de kakofonie verduren, iedereen was volledig omsloten door garstig geknor en gesniffel, dat onvoldoende werd afgeblust door de stokoude plaat waarop Louis Armstrong speelde en smartelijk zong.

I touch your lips
and all at once the sparks go flying
those devillips that know so well
the art of lying.

Hoog boven de trompet en ook boven het zompig geroezemoes uit klonk het trilleren van coloratuursopranen, het was het door merg en been gaande gejubel van de vrouwen met witte levers.

Men stond te dringen om hun gunsten, er strekten zich door de salons, ja zelfs tot in de gangen en op de trappen nog voortdurend aangroeiende rijen uit. Er voeren bij voorbaat rillingen van genot door de wachtenden.

De onvermoeibare strijdsters lagen in gynaecologenstoelen en er waren van hen slechts de topjes van hun aandoenlijk schonkige knieën te zien en daartussenin bevonden zich de queues die schenen te kwispelen en die steeds heftiger opdrongen, zodat niemand meer rechtsomkeert kon maken die er per ongeluk in verzeild was geraakt.

Pop stond klem tussen vele reikhalzende liefhebbers en kreeg het zo benauwd dat ze bang was flauw te vallen. Misschien werd ze zo dadelijk onder de voet gelopen. Maar was dat eigenlijk niet te verkiezen boven het beleven van de mens in zijn lust?

Ze klampte zich vast aan een rijzige man die vastberaden doende was om uit de rij te breken en die tot haar opluchting niet geheel was ontkleed. Hij droeg een wijd uitgolvende, peau de suède jas.

Hem kon ze tenminste gewoon bij zijn kraag vatten, ze griezelde eigenlijk van al die blote lijven hier. Maar ja, wie zich hier niet uitkleedde kreeg aan het buffet niets te eten, aan de bar niets te drinken, wist deze gast dat wel?

'Ik ben hier vanavond voor het eerst,' zei hij ongedwongen en veegde met een slanke, maar sterke hand het zweet van zijn hoge voorhoofd. Onder fijngepenseelde donkere wenkbrauwen keken olijfgroene ogen haar indringend aan, met een korte ruk van zijn hoofd schudde hij zonder enige aanstellerij zijn haren naar achteren en hij vroeg vriendelijk: 'Zoekt u iemand? Kan ik u helpen?'

Pop vreesde dat ze er achterlijk uitzag, misschien hing haar mond open of zo, misschien kwijlde ze zelfs, maar het lag op haar lippen om te zeggen dat ze hem kende. Ze kende hem toch! Maar waarvan? Zo'n prachtig hoofd, zo'n indrukwekkende man kon niemand zomaar vergeten, ze had hem eerder gezien, maar waar ook weer? Normaal zou ze het hem gewoon hebben gevraagd, hij zag eruit alsof je hem alles kon vragen en alsof hij alles begreep, maar iedereen moest nu eenmaal respect betuigen aan dat verrekte incognito hier.

'Eigenlijk zoek ik mijn man,' zei ze. Ze voelde zich verwonderd, bedeesd. Hij fronste zijn voorhoofd, diepe groeven liepen van zijn wiskundeknobbels diagonaal naar zijn neuswortel. Ze maakte zich zorgen over deze man. Vergeleken bij de rest van het publiek was hij jong en ongewoon mooi, maar hij keek zo ernstig en hij zag er zo verstrooid en wereldvreemd uit. Zijn dikke, kastanjerode haar glansde hevig, zodat het wel leek of er rondom vonken uit spatten. Toch had hij het niet goed gewassen, merkte zij op, want er lag een laagje vettige roos op zijn schouders, maar zelfs dat glinsterde nog, alsof de kraag van zijn jas was bestoven met goudpoeder.

Er hing een huiselijke geur om hem heen. Alle andere heren hier stonken tegen de klippen op naar dure lotions. Deze rook een beetje muf naar warm zand en naar niet verschoonde kussenslopen, misschien was het niet fris, maar het deed wel vertrouwd aan.

Het was een wonder dat deze kanjer Pandemos zomaar was binnengekomen. Duitse Gloria zag er niet tegenop om de gasten te besnuffelen en ze daarna scheldend te besproeien met een penetrant reukwater waar ze een fiks bedrag voor verlangde.

'Bent u langs onze portierster gekomen?' vroeg Pop.

'Ik denk het niet,' antwoordde hij. 'Ik ben via de begraafplaats gegaan, dat is vlugger.'

Ze hoorde nu zijn zachte g. Eigenlijk jammer van zo'n knappe man. Of was het juist een extra charme? Ze wist niet meer precies wat ze moest denken. Waarom had ze deze interessante man niet ergens anders ontmoet, ergens waar het mogelijk was geweest om gewoon met elkaar kennis te maken. Waarom wandelde hij rond in villa Pandemos, waar niemand in de eerste plaats kwam voor het voeren van een gesprek, waar niemand naar toe ging voor een uitwisseling van gedachten.

'Waarom bent u hier?' liet Pop zich ontvallen en meteen voegde ze er hoofdschuddend aan toe: 'Weet u eigenlijk wel waar u bent?'

Ze wist nu bijna zeker dat de man was verdwaald. Ze zag voor zich hoe hij op de begraafplaats bloemen had neergelegd op het graf van zijn moeder, hoe hij in gedachten verzonken nog wat over de dodenakker had rondgedoold en hoe hij toen was getroffen door het melancholieke spel van een trompet. Op zoek naar de herkomst van de schrijnende klanken had hij een teer schijnsel in de verte gezien, een wazig pastel, niet meer dan matgouden glanzen terloops aangebracht in de avondschemer, hij had de onschuldige en bekoorlijke uitstraling van villa Pandemos ontwaard en hij had natuurlijk gedacht dat daar een familiefeest gaande was waarop hij zeker welkom zou zijn. 'Zo is het gegaan, ja?' vroeg ze. Ze had niet hardop hoeven denken, ze wist dat hij gedachten kon lezen.

Hij reageerde met een glimlach. Pops hart bonsde ervan.

De man was onweerstaanbaar. Ze schatte hem op nog geen veertig, wat kwam hij in hemelsnaam doen in deze poel des verderfs? Hij was in de kracht van zijn leven, nog lang niet op alles uitgekeken, dus wat zocht hij dan bij Parenclub de Dansende Kater, waar het toch eigenlijk meer leek op een bejaardensoos dan op iets anders. 'Zocht u soms iets speciaals?' De vraag ontsnapte haar weer tegen wil en dank.

'Ik zoek niet, men zoekt mij,' zei hij ernstig. 'U zocht mij immers ook?'

Hij tilde haar hoofd lichtjes op bij haar kin en keek

haar weer indringend aan, liefdevol ook, ja, liefdevol. Met zijn andere hand streelde hij driemaal over haar haren. Het was moeilijk om niet te zwichten. Het zou voor het eerst zijn. En er zou geen haan naar kraaien. Het was hier eerder verdacht als je niets ondernam. Toch was ze hier nog nooit aan een avontuurtje begonnen, ze keek wel uit, stel je voor dat ze zich in de armen wierp van de heertjes die hier loerend rondslopen en dat ze die echtbrekers later in het gewone leven weer zou tegenkomen, op straat of op een receptie of in de bioscoop. Ze zou niet weten waar ze moest kijken.

Pop was hier uitsluitend omdat ze geen spelbreker voor Bart wilde zijn. Bart kon niet helpen dat hij een man was.

Als ze nu eens, voor deze ene keer, aan deze bijzondere man achteloos het voorstel deed om samen in het bubbelbad te gaan zitten?

Dat klonk niet meteen alsof ze hem wilde verleiden en het was toch een tactvolle manier om hem uit de kleren te krijgen. Prikkelende gedachten sprongen op.

Verlegen sloeg Pop haar ogen neer. 'Eigenlijk was ik op zoek naar Bart,' stamelde ze.

'Dan zullen we hem vinden,' sprak de man en hij maakte een gebiedend handgebaar en ziedaar, er viel in de heksenketel een diepe stilte en tussen de rondwroetende lorrenbossen gloorde een brede opening die uitzicht bood op een groot podium met een ereschavot, dat zojuist met draaiende konten werd beklommen door een zelfvoldaan glimmend paar, dat triomfantelijk zijn tong naar het publiek uitstak. Men was door het dolle heen en bedolf de twee onder de bloemen.

De winnaars konden zich ternauwernood bewegen door de vele, dikke kransen narcissen die om hun halzen hingen, ze waggelden telkens naar opzij om de vliegende boeketten te ontwijken en struikelden over hun voeten en over elkaar.

Maar de omstanders wisten van geen ophouden, hun enthousiasme kende geen grenzen. De twee winnaars kreunden, gebukt stonden zij onder de vracht tulpen en hyacinten, hun armen konden de last niet omvatten en hoe royaal zij er ook handenvol bloemen uit rukten om die terug te werpen naar het juichende publiek, zij kwamen er niet doorheen, de voorraden raakten niet op maar werden daarentegen voortdurend weer aangevuld met nieuwe boeketten. Nu werden er ook flessen champagne in zilveren manden het toneel op gedragen en onder tromgeroffel een hele stok vol met aan hun achterpoten hangende, gevilde konijnen, uit de coulissen rolden blikken boterkoekjes, er werd een als een buffet zo groot televisietoestel op wieltjes voorgereden, er kwamen nog een rookstandaard en een lederen draaifauteuil bij en daar piepte tussen de bordeauxrood fluwelen gordijnen al het neusje van een kobaltblauwe Fiat Panda met slechts een kleine schade.

De feestvarkens schenen verpletterd onder deze uitstorting van de hoorn des overvloeds, zij konden geen pap meer zeggen, zij waren verblind en onvast ter been onder het bombardement van de huldiging en de toeschouwers braakten van opwinding.

Pop huilde.

Haar tranen verscherpten het beeld: Bart, het was Bart, die na wat een eeuwigheid leek eindelijk onder het slaken van schorre kreten de winnares op zijn vlakke handen boven zijn hoofd tilde.

Het zweet gutste de winnares van het broze lijf, dat vederlicht en breekbaar scheen, als was het uit glas geblazen. Hoe kon dat nou. Was dit werkelijk Clara van wie Bart altijd gezegd had dat hij haar een gluipster vond? Was dit haar vriendin die jarenlang als Jehova's getuige langs de deuren was gegaan, wat niemand haar kwalijk had genomen omdat ze zo mooi en zo goed was? Bart draaide langzaam een ereronde. Claartje lag erbij als een dode, maar ze leefde wel, want er klopten dikke blauwe aderen in haar slap afhangende polsen en de lange, voskleurige wimpers op haar paarlemoeren wangen trilden alsof zij moest wenen.

Uit de massa steeg een onbedaarlijk gekerm op.

'Werp haar in ons midden,' klonk het, eerst dunnetjes. De roep werd daarna brommerig, toen dreigend en ten slotte siste het door de rijen: 'Zij is voor ons.'

Pop voelde dat haar metgezel zijn arm om haar heen sloeg, zodat ze kon wegschuilen in zijn merkwaardig vertrouwd ruikende mantel.

Het kostte de man blijkbaar niet de minste moeite om zich samen met haar door de samengeperste, bezeten menigte een weg te banen.

Waar hij verscheen week men uiteen.

Aan de bar zat zoals gewoonlijk geen mens. Niemand wenste hier zijn tijd te verspillen met zitten aan een bar, dat kon immers wel altijd en overal.

Pop opende haar ogen weer op het moment dat haar begeleider toornig met zijn elleboog een hele batterij vuile glazen in de spoelbak schoof.

Zij kregen niets te drinken. Zolang de man en zij hun

jassen aanhielden, werden zij behandeld alsof zij lucht waren. Uitbater Fritz week nooit af van zijn regels. Hij stond met gefronst voorhoofd achter zijn tapkast en draaide zijn omhoogwijzende snorpunten nog fraaier op. Hij liet zich niet vermurwen.

De man met het rode haar schreef met zijn vinger iets op de glazen toog.

Fritz kwam snel naderbij en probeerde tegelijk met Pop te ontcijferen wat er geschreven stond, maar onder hun ogen vervlogen de woorden.

Fritz haalde zijn schouders op, kuchte en pakte een glas dat hij begon te poetsen alsof zijn leven ervan afhing. Hij poleerde het glas op een gedreven manier en zong er een psalm bij:

'Wanneer ik wakend in de nacht
mijn geest bij U, Heer, laat vertoeven
dan mag ik weer Uw goedheid proeven
Uw hulp wordt nooit vergeefs verwacht.

Waar zich Uw vleugels breed ontvouwden
zing ik mij van mijn zorgen vrij.'

Pop was aangenaam verrast door de volle, sonore stem van de bordeelhouder, uit wiens mond nu wel een heel koor leek te komen.

Ze legde haar hoofd in haar armen. Ze wilde ook op de bar schrijven, maar ze wist niet wat. Achteloos, met vrome, ten hemel geslagen ogen overmande de bordeelhouder haar, galmend uit duizend kelen.

Een mannenkoor volgde hem, de mannen hadden hoge witte punthoeden op en waren uitgedost in lange, grijze gewaden, die in het midden toneelgordijnsgewijs openstonden omdat hun purperglanzende piemels er als hijskranen uitstaken. Pop fluisterde dat ze de verkeerde kant uit liepen, daarginds waren de witte levers en de wedstrijd was trouwens voorbij, maar niemand luisterde naar haar, meedogenloos werd zij onder de voet gelopen. Het was niet erg. Ze lag in een warme zee en satijnen golven spoelden loom over haar heen, ze ging overeind zitten om diep adem te halen na alle doorstane belevenissen en het warme water stroomde kabbelend van haar af.

Ze wreef in haar ogen en keek om zich heen, ze zat in haar zijden kimono overeind in haar bed. Het was dus allemaal voor niets geweest. Het nachtelijk bezoek aan Club de Dansende Kater een droom.

De werkelijkheid had ze nog voor de boeg, deze week.

Aan de bewegingen van het dons zag zij het rijzen en dalen van Bart, ze sloeg voor alle zekerheid toch maar een punt van het dekbed terug en gelukkig, hij lag er zelf, in alle onschuld. Hij had die rare wedstrijd niet gewonnen, hoe zou hij ook kunnen, haar lieve oen. Zijn doorgroefde Einsteinhoofd zag er, ook nu zijn pretoogjes waren gesloten, nog steeds vergenoegd uit. Alsof het leven een lolletje was. Misschien droomde hij ook van de Dansende Kater.

Boven zijn zachtjes fluitende ademhaling uit hoorde Pop nog steeds het mannenkoor galmen.

Zonnestralen glipten met elk zoetgeurend vleugje wind mee naar binnen door de kier tussen de gordijnen, die onmiskenbaar haar eigen oudroze, fluwelen, verschoten gordijnen waren, zij bolden en wiebelden meisjesachtig, alsof ze maar wat graag wilden openwaaien om te laten zien wat een vrolijke boel het buiten al was.

Het zou vandaag een verrukkelijke lentedag worden, het was nog maar pas april, maar nu al was het uitspansel van een zomers korenbloemblauw, feestelijk gegarneerd met witte wolkjes, die niet groter leken dan kinderknuistjes. Wat wilde een mens nog meer?

Maar zo gemakkelijk kwam men niet van de nachtwereld los. Het mannenkoor schalde onversaagd voort.

Een betweterig piepmuizenstemmetje snerpte plotseling door de zang heen, de mannen hielden zich ogenblikkelijk doodstil. Pop schoof dichter naar de wekkerradio toe en luisterde naar de omroepster, die nadrukkelijk en bijna bestraffend meedeelde dat Urker Mannen uit de grond van hun hart hadden gezongen ter ere van Gouden Paren.

'Hè?' ontviel Pop. De omroepster deed alsof ze het had gehoord en verklaarde nog eens geduldig maar ook met iets geniepigs in haar stem dat Gouden Paren mensen waren die een halve eeuw met elkander waren getrouwd.

Daarna, alsof het de gewoonste zaak ter wereld was, schudde ze drie, nee vier van die echtparen uit haar mouw, uit de plaatsjes Biddinghuizen en Oeiekenskapelle, Lisse en Doodstil.

Pop meende dat Bart en zij het al uitzonderlijk goed en lang met elkaar uithielden, zesentwintig jaar al. Maar dat was dus nog niks. Dan waren ze eigenlijk pas net over de helft. Zou het betekenen dat Bart en zij nog vijfentwintig jaar lang elke veertien dagen naar Club de Dansende Kater moesten? Volgens Bart waren deze uitstapjes de panacee voor het verflensende huwelijk. Pop vroeg zich af of de remedie niet erger was dan de kwaal en of ze eigenlijk niet liever een gewoon verflenst huwelijk had. De gouden stellen die hier op de radio werden gelanceerd, waren tevreden met een verflenst huwelijk. Of zouden deze gouden paren zich ook tweewekelijks in clubs en bordelen te buiten gaan aan partnerruil en andere uitspattingen?

Dat geloofde ze niet, dan zouden zij immers niet in staat zijn om zo vroeg in de ochtend te genieten van het Urker Mannenkoor, dan zouden zij nog even gemoedsgerust als Bart, fluitend en beestachtig, liggen te ronken.

Hoor, nog meer gouden paren. De piepmuis had waarschijnlijk even een slokje water gedronken en haar brilletje opgepoetst en nu liet ze weer grote zwermen van die slome geluksvogels opvliegen. Ze commandeerde ze op, ze commandeerde ze neer. Ze had ze in voorraad, ze wist ze overal te zitten. Uit alle hoeken en gaten van Nederland trommelde ze die door ouderdom transparant en vormloos geworden lijven op, om ze neer te dumpen op andermans bed. Gouden paren spoelden bij honderden tegelijk aan als kwallen bij oostenwind, ze stapelden zich op tot een berg grauwe gelei. Uit die berg staarden honderden paren glazige oogjes Pop treurig aan en honderden mondjes mummelden: zie naar ons, wij hebben berust in ons Lot, het Urker Mannenkoor is in onze staat een pretje, evenals de zachte taarten en de witte en lauwe soepen die wij straks nuttigen en die niet verschillen van de witte en zachte en lauwe gezichten van onze onbekende bezoekers die zich onze kinderen noemen en onze kleinkinderen en achterkleinkinderen, achterachterkleinkinderen, achterachterachter...

'Bart!' riep Pop. Hij moest wakker worden. In een monsterlijk visioen zag ze hoe over nog een kwart eeuw Bart en zij lijf aan lijf aaneengekoekt neerlagen, vergroeid tot een hologige, tandeloze Siamese tweeling, die machteloos probeerde de slappe armen op te heffen naar elkaars kelen.

Ze stompte hem, er steeg een paddestoelachtig aroma uit hem op en het enige dat zijn berenlijf deed was zich nog eens behaaglijk omdraaien. Loom roeiend met zijn dikke behaarde ledematen kroop Bart dieper weg onder het dekbed.

De piepmuis prevelde even en knipte in haar vingertjes, daar traden de Urker Mannen weer aan en openden hun mond voor een psalm.

Wanneer ik wakend in de nacht

'Zeg dat wel,' kwam Bart van onder het dons vandaan en zijn stem, die wat ruws en wolligs had, kroop een poosje als een harige rups verbaasd mee op de gewijde klanken, maar niet voor lang. 'Godsklere, schei uit met die herrie,' mopperde hij en drukte zonder te kijken meteen op de goede knop.

Uit.

Het leek wel of je de stilte naar binnen hoorde suizen met het zwaard waarmee de drenzende boemannen werden onthoofd. Wat een bevrijding via zo'n eenvoudige ingreep. Waarom had Pop dat nou zelf niet gedaan, waarom kon Bart het zich wel altijd gemakkelijk maken? Ze vroeg het zich af in stilte, maar Bart antwoordde hardop: 'Ik ben er toch om voor mijn Poppedein te zorgen.'

Of hoorde ze het verkeerd? Het kwam vaak voor dat hij haar gedachten las.

Bart lachte haar toe. Zij zag hem denken dat hij op een schandalige manier schik had in het bestaan. Pop keek vertederd toe hoe hij in zijn linkeroor peuterde, alsof hij zich wilde ontdoen van de laatste rest Urkers. Hij was een uur vroeger wakker dan anders, maar zijn humeur had er niet onder geleden.

'Wat een weertje wijfie.' Kwajongensachtig fonkelden

zijn ogen, hij had zijn gebit nog niet eens in, maar hij grijnsde ontwapenend onder zijn witte snor. 'Als het zo blijft kunnen we buitenspelen vanavond.' Uitnodigend sloeg hij op het kussen naast zich.

'Zullen we nog een tukje doen?' stelde hij voor. 'Kom liefje, laten we nu nog een tukje doen.'

'Ik droomde vannacht van Pandemos,' zei Pop.

Verrast kwam Bart omhoog met zijn hoofd: 'Wat zeg je me nou.'

Ze vroeg zich af of ze hem echt zag knipogen, nee, het was de tic die hij al zo lang had. 'Er was een wedstrijd.'

Bart knorde en wreef in zijn handen. 'Dat zal me dan wel een mooie wedstrijd geweest zijn.'

'Iedereen stond in de rij voor de witte levers,' begon Pop en ze wilde beschrijven hoe benauwd het was geweest en hoe ze maar net op het nippertje was gered door een interessante man met kastanjerood haar, maar Bart trommelde met zijn vuisten vol verwachting op zijn borst en ze begreep dat hij geen klaagzangen wilde horen maar iets vrolijks, hij drong al aan: 'Vertel dan verder, vertel dan,' en ze zag hoe hij verstolen naar beneden gluurde, naar zijn lid dat inderdaad flauwtjes de kop opstak alsof het wilde meeluisteren, hoewel het daar eigenlijk de onzin al bij voorbaat van inzag.

Terwijl ze zich afvroeg of ze zou vertellen dat hij had gewonnen, schoot haar met onheilspellende kracht te binnen dat het vanmiddag de middag van haar droomclub was. De vriendinnen kwamen vanmiddag bij haar, want het was haar beurt om de club te ontvangen.

De wekkerradio had ze zelf zo vroeg afgesteld, omdat ze tijdig wilde beginnen met haar voorbereidingen. Aan de ontvangst mocht niets mankeren. Zij had altijd de meest ingenieuze en de lekkerste hapjes van iedereen, in kokkerellen was ze een ster.

Die lieve Bart, hij merkte altijd direct dat er iets mis was.

'Poppedeintje?' vroeg hij bezorgd en hij trok haar duim die ze van de zenuwen in haar mond had gestoken voorzichtig eruit. 'Meisjelief, wat is er loos?'

Allerlei opwellingen en rampzalige ideeën kwamen aangetuimeld, tolden rond in haar hoofd, bonsden vergeefs tegen de wanden en grepen haar verstand mee in een steeds snellere draaikolk. Ze moest vanmiddag haar droom vertellen, maar dat kon niet. Ze kon niet alsof haar neus bloedde, gewoon tussen neus en lippen door, alsof het de gewoonste zaak van de wereld was, gaan vertellen dat Clara, serene Clara, met haar Bart nota bene, maar je mocht niet liegen op de droomclub, zelfs niet een beetje jokken, dann war alles umsonst, zoals Friedel, hun voorzitster, en tevens de droomuitlegster, beweerde.

'Toe, waarom kijkt mijn lieverd zo sip?' vroeg Bart voor de zoveelste keer en hij bewoog zijn hand op en neer voor haar ogen. Ze knipperde met haar oogleden. De tranen drongen.

Ze wilde niets liever dan haar hart uitstorten, maar ze wist dat Bart geen hoge pet op had van haar clubje, hij zou haar probleem niet begrijpen. Hij zou er goedmoedig de spot mee drijven.

'Ik droomde van een wedstrijd in Pandemos en nou moet ik dat vanmiddag op mijn droomclub vertellen,' zei ze toch maar. Ze hield haar hoofd gebogen, zodat ze niet hoefde te zien dat Bart achter zijn hand zat te grinniken.

Maar hij bedwong zijn lachbui gauw en zei op kalmerende toon: 'Liefje, jij leest zoveel en jij droomt zo vaak, jij kunt genoeg andere verhalen vertellen.'

'Als je gaat zitten fantaseren,' zei Pop, 'dan is een droomclub toch zeker een aanfluiting.'

'Mijn idee,' beaamde Bart. Hij legde zijn hoofd op haar buik en zei: 'Weet je wat, je droomt nu nog gewoon even heel leuk van mij.'

'Ik droomde van jou,' kon Pop zich niet weerhouden te antwoorden. 'Ik droomde van jou en jij had de witte-leverwedstrijd gewonnen. Met Clara wel te verstaan, jij en Clara hadden gewonnen. En jij tilde tot vervelens toe Clara omhoog en je stond maar te roepen hoera voor deze wereldvrouw.'

'Clára?' Bart zat rechtop, grijnzend van oor tot oor.

'Clara,' bekende ze. Zie je wel, zij kon niet eens liegen. Zij had natuurlijk de verschijning van Clara in haar droom helemaal niet aan Bart willen vertellen, maar het was eruit geweest voor ze het wist. Dat werd niets, vanmiddag.

Nog steeds grijnzend zei Bart: 'Maar dan is het toch geen probleem, melief. Dan vertel je dat toch gewoon in je clubje. Want dat zal niemand verbazen, hoor, van die Clara. Dat wijf is zo geil als Grace Kelly.'

Pop moest in elk geval nog naar Clara's parfumerie toe. Ze had nieuwe oogschaduw nodig voor vanmiddag en haar waterproof mascara was op en misschien was er wel weer een nieuw parfum uitgekomen. Ze zou de droom eerst aan Clara zelf kunnen vertellen.

De weegschaal in de badkamer wees twee kilo minder aan dan gisteravond voor het naar bed gaan. Dus de droom had ook iets goeds gedaan.

Nog vijftien van zulke dromen en dan was ze weer op haar ideale gewicht.

Clara was tot in de puntjes gesoigneerd, in haar glanzende blonde kapsel dat zo nonchalant leek, zat nog niet een haartje verkeerd. Ze droeg een donkerblauw, doodsimpel jurkje maar toch niet zo simpel dat het de bekoringen verborg van haar elfachtige gestalte, het jurkje leek door een meesterhand te zijn gecreëerd voor een ranke veertienjarige met ontluikende borstjes en veulenbenen. Het zat haar als gegoten.

Pop keek haar vriendin bewonderend aan. Ze schaamde zich nu wel een beetje over zichzelf, hoe hadden haar maffe hersens het voor elkaar gekregen om dit beeldige wezen zo'n rare rol in een droom toe te schrijven.

Perfect paste de serene, zich kalm en zelfverzekerd bewegende jonge vrouw in deze parfumerie, in deze wondere schijnwereld van aquareltinten, waar de eeuwige schoonheid en jeugd hand in hand met haar minzaam rondgingen, als gewichtloze gedaanten, af en aan zwevend op wolken van zware en zoete geuren, beloftevol fluisterend en van iedereen die hier lomp en zonder hoop binnenging het hoofd op hol brengend. Ook dat van de op houten muilen lawaaiig binnengekloste jonge moeder met piekhaar die een versleten boodschappentas in de hand had, waar andijvie, gewikkeld in kranten, uitstak. Alleen al bij de aanblik van de talloos vele, aanlokkelijk uitgestalde tovermiddelen trokken de rimpels weg uit het grauwe oudemeisjesgezicht. Ze bracht het nog net op om nors te vragen naar kinderaspirine. Maar het volgend ogenblik liet ze, gretig en weerloos, zich door Clara een halo van parfum omspuiten.

'Dit is de nieuwe lentegeur,' zong Clara, 'pittig dit jaar, lichtelijk gewaagd durf ik wel te zeggen en bijzonder karaktervol, lang niet geschikt voor iedereen, maar, pardon, een ogenblikje,' onderbrak zij zichzelf.

Ze zette de proefflacon met een klap neer en snelde met uitgestrekte handen op Pop af. 'Engel, ik zie je nu pas,' bracht ze uit, fluwelig en als was ze buiten adem. 'Het gaat toch wel door vanmiddag?' vroeg ze bezorgd. 'Wat zie je eruit, lieverd.' Melodieus sussend voortpratend over het genoegen Pop zo vroeg in de ochtend al te mogen begroeten, voerde ze haar door de winkel heen naar de kleine schoonheidssalon, waar op dit ogenblik haar twee Tibetaanse mastiffs het zich gemakkelijk hadden gemaakt. De Tibetanen hielden elk een massagestoel bezet met hun blonde, zwart afgebiesde reuzengestalten. Clara viel katachtig sissend tegen ze uit, met geen enkel ander resultaat dan dat de kleinste van de twee een oog opende dat hij weer sloot toen hem bleek dat het repertoire nog niet was vernieuwd. Pop zonk naast hem, half boven op hem neer.

Ze zat oog in oog met een meer dan levensgrote afbeelding van Jezus, die hier aan de wand hing waar het meeste licht op viel.

Jezus was gekleed in een lang, zeemleerachtig gewaad en hield zegenend de handen geheven. Vanaf de plaat keek hij Pop weer aan, met dezelfde indringende, olijfgroene ogen. Het was hem. De herkenning brak nu pas door. Nee eerlijk, het was hem.

'O Claartje,' liet ze zich ongelukkig ontvallen.

Clara knielde soepel bij Pop neer en ze drukte heel even haar koele, slanke handjes tegen Pops verhitte wangen. 'Zo erg kan het niet zijn,' fluisterde ze geruststellend, 'even dat arme vrouwtje weghelpen en ik ben zo weer bij je.' Terwijl ze wegsnelde op haar zilveren hakjes wees ze omhoog naar de plaat: 'Hij is altijd bij ons,' zei ze op een toon, die zowel juichend als dreigend kon zijn.

Hoestbonbons en papieren zakdoekjes en Dune van Dior in een spray waren eraan te pas gekomen. Het ene huilbuitje was nog niet gestelpt of het andere begon alweer. Clara had de mastiffs de tuin in gelokt door pepermuntkussentjes te strooien, want Pop had languit moeten liggen en de honden waren trouwens als ouderwetse wolven gaan janken van het gedoe, van het hese gefluister van Pop en van Claartjes geschokte kreetjes, die zij af en toe toch had laten ontsnappen.

Pop had alles eerlijk verteld, ook haar ontmoeting met de kastanjerode man, maar Zijn Naam had ze nog in het ongewisse gelaten.

'Wat een verschrikkelijke droom,' zei Clara voortdurend en dan streelde ze Pops wangen, 'maar gelukkig ben je het nu kwijt omdat je het kon vertellen.'

'Was het maar enkel een droom. Maar ik moet nog, morgen gaan we er weer heen.'

Clara werd nog witter dan ze al was, al het bloed trok weg uit haar fijne gezichtje, alleen haar sproeten bleven staan, als evenzovele rode speldenprikjes. 'Het is niet waar,' bracht ze uit. Ze sloeg haar handjes voor haar mond, als moest ze zich bedwingen om niet over te geven.

'Nou ja,' zei Pop troostend, een beetje verschrikt door wat ze had aangericht, 'er zijn wel ergere dingen, hoor.'

Clara trok haar schoudertjes nijdig op. 'Wat kan er nu erger zijn?'

Pop moest even aan Mamsje denken, die zo nuffig kon zeggen: 'Mannen hebben nu eenmaal deze nood en het is heus niet zo erg als pokken of kinderverlamming.'

'Pokken en kinderverlamming zijn erger,' zei Pop. Maar Clara scheen het niet te horen. Ze stond op en schreed plechtstatig naar de muur waaraan het portret hing van Jezus. Ze keek er lang naar en streelde ten slotte eerbiedig over de glasplaat. 'Hij is ook voor jou gestorven,' zei ze toen.

'Ik moet je over Hem ook nog wat vertellen,' zei Pop.

'Ander keertje maar,' had Clara toegeeflijk gezegd, ze was ergens anders met haar gedachten, maar Pop durfde pas echt opgelucht te zijn toen ze weer veilig thuis was.

In haar ruime, witte droomkeuken zette ze alles van zich af. Wat was er heerlijker dan het bereiden van lekkere hapjes, het brouwen van vooralsnog geheimzinnige vloeistoffen die godendrank, soep, saus of pastei zouden worden, wat was er poëtischer dan het rood van frambozen te mengen met de verschillende soorten donkerblauw van bedauwde bosbessen en druiven, wat was er zaliger dan te zwelgen in vetten, de rode, oranje, gele en bronskleurige vetten van kazen, roomboter en paling.

Als dit geen kunst was, wat was het dan wel.

Roetzwart roggebrood, ivoorkleurige asperges, wat Pop ook maar te voorschijn haalde uit potten, dozen en mandjes, wat ze ook maar uit knisperige papieren wikkelde, het voegde zich meteen luisterrijk in het royale stilleven dat zij aan het componeren was. Zij voelde zich hier een meester, zij was een vorst in haar sneeuwwitte koninkrijk. Het was hier mooi en groot genoeg voor een feest. De witmarmeren vloer glom uitnodigend, in de hoeken stonden wuivende kokospalmen, maar omdat het tenslotte ook nog een keuken was hingen er koperen pannen en ketels en puddingvormen aan de witgepleisterde wanden en aan het balkenplafond. Pop walste bedaagd en voldaan rond het keukeneiland, er waren rondom stereo luidsprekerboxen opgehangen, maar ze deed hier nog niet eens de radio aan voor het nieuws.

In haar keuken hoefde niemand haar te vertellen wat zij moest weten of wat zij moest doen, hier kende zij het klappen van de zweep als geen ander. Nog enkele geraffineerde ingrepen aan het fornuis en er was weer een gargantuesk kunstwerk voltooid. Pop zou vanmiddag alle lof en bewondering oogsten van haar vriendinnen.

Al mijmerend had zij een halfpond gravad lax opgesnoept, want plotseling stond ze te kijken naar een lege papieren wikkel, waarop zich alleen nog mooie, grote, zonsondergangkleurige vetogen aftekenden. Ze realiseerde zich pas dat ze ongeremd had staan schrokken, toen haar gelukzalige gedachtestroom werd onderbroken door Bart, die luid zingend naar beneden kwam.

'Give me the lips
you only let me borrow
love me tonight
and let the devil be tomorrow!'

Hij zwierde de keuken binnen, legde zijn armen om haar middel en dreef haar mee in een soort tango.

'I know that I must have your lips
although it dooms me
though it consumes me
your Kiss of Fire!

Ik ben in topconditie Poppedein,' riep hij erachteraan en in een adem door: 'We gaan er vanavond tegenaan!' Hij plukte het laatste stukje zalm uit haar hand en stak het in zijn mond. 'Een stevige brunch, precies wat we nodig hebben lieve schat,' glunderde hij.

Hij was uitgedost in kleurrijke, elegante kledij van wol, zijde en leder en hij geurde naar de nieuwste aftershave van Chanel. Zijn haren en zijn snor leken wel behandeld met zilverpoets, haartje voor haartje opgewreven. Alle haartjes glansden als gesponnen suiker.

Hij dacht zeker dat het al zaterdag was. Sinds hij niet meer werkte was hij wel vaker in de war met de dagen van de week.

'Was je van plan om uit te gaan?' vroeg ze voorzichtig, al had ze eigenlijk al gezien dat hij blaakte van voorpret.

Toen ze nog eens vroeg: 'Was jij van plan om uit te gaan?' keek hij haar verschrikt aan.

'Is er dan iets met je, liefje?' vroeg hij.

Hij pakte de karnemelk uit de koelkast en schonk zichzelf nadenkend een glas in.

Aarzelend vroeg hij: 'Het is toch alweer twee weken geleden dat we zijn geweest of niet soms?'

Ze streek over zijn pluizige haren en plaatste zachtjes de onheilstijding: 'Het is vandaag vrijdag, hoor. Deze brunch is een Engelse thee en die is voor de dames vanmiddag, voor mijn club weet je wel, we hebben het er vanochtend nog over gehad'

Hij liet haar niet eens uitspreken.

'Vrijdag?' schreeuwde hij ontzet. 'Had dat dan gezegd, mens.'

'Morgen gaan we,' stelde Pop hem gerust, 'nog maar een nachtje slapen.'

'Ik had gewoon mijn joggingpak kunnen aantrekken,' mopperde hij.

‘Je kunt je ook wel eens aardig aankleden voor mij,’ zei ze.

Bart antwoordde dof: ‘Nou ja, dan blijf ik maar zo.’

Ze was alweer vertederd, kijk die oude bedroefde lobbes nou toch.

‘Eet maar lekker hiervan lieverd,’ moedigde ze hem aan en wees op de schalen die al opgemaakt en wel klaarstonden, ‘neem er maar van zoveel als je wilt, er is toch meer dan genoeg voor mijn dames.’

‘Voor die secreten sloof je je meer uit dan voor mij,’ mokte Bart.

‘Ze komen maar eens in de vier weken.’

‘Dat is eens in de vier weken te veel. Reken in elk geval niet op mij met het avondeten,’ zei Bart met zijn mond vol kreeft-in-aspic.

‘Zoals je wilt, lieverd.’ Pop vroeg zich af waarmee ze hem kon opmonteren. ‘Wat is je tuin mooi nu die in bloei staat, ‘ zei ze. ‘Vorige keer was iedereen al zo enthousiast over je tuin. Wat zullen ze er nu wel van zeggen. Misschien drinken we met dit weer wel thee in het prieeltje.’

‘Om de godverdomme niet,’ barstte Bart uit, ‘geen thee in mijn prieel. Ik laat die kletswijven met hun klompvoeten niet over mijn bruggetje klossen. Mijn bruggetje is niet berekend op rinocerossen.’

Foeterend begaf hij zich naar de tuin en zonder zich te bekommeren om zijn mooie pak sloeg hij aan het demonteren. Hij had het bruggetje met veel geestdrift ontworpen en gemaakt, hij schroefde het met zo mogelijk nog meer animo weer uit elkaar. Ofschoon hij telkens het zweet van zijn voorhoofd moest wissen, rustte hij niet voor hij alle onderdelen achter slot en grendel had in de garage.

Pop overzag de vloot feestelijke schotels die zij in slagorde had opgesteld op het buffet in de serre. Ze was trots op haar werk. Ze stelde blij vast dat de dames allemaal te vroeg waren binnengedruppeld en al voorzichtig bezig waren de hapjes te keuren. Mmmmm, mmmmm, hoorde ze hier en daar opklinken. Pop genoot. 'Neem, neem!' riep ze vergenoegd en zelf nam ze er ook ruimschoots van, om het goede voorbeeld te geven.

Straks met Claartje erbij zouden ze met zijn dertienen zijn.

Niet bijgelovig worden, alle andere voortekenen waren goed. Het lentezonnetje scheen naar binnen en liet porselein, zilver en kristal beschaafd flonkeren. Er heerste een prettig soort chaos, iedereen liep door elkaar heen te roezemoezen, sommigen hadden elkaar al in geen maanden gezien. De bijeenkomsten bij Pop hadden altijd veel weg van een reünie. Er moesten nieuwtjes worden uitgewisseld en men moest elkaar uitbundig bewonderen of beklagen. Tussendoor wilde iedereen ook van de lekkernijen proeven. Het zou nog wel enige tijd duren voordat de juiste stemming er was om stil te zitten en aandachtig te luisteren.

Om vier uur precies kwam Clara binnen, ze aanschouwde de drukte en keek op haar horloge. Haar wenkbrauwen vlogen omhoog. Ze wendde ze zich tot de een en de ander. 'Zijn jullie soms al begonnen?' hoorde Pop haar met een schril stemmetje vragen.

Pop baande zich met een dienblad vol kleine hapjes een weg naar haar toe.

'We beginnen zodra jij dat wilt,' zei ze. 'Eet eerst even iets, om op krachten te komen.'

'Mijn kracht vind ik niet in voedsel,' sprak Clara. 'We

gaan het vanmiddag hebben over de overspelige vrouw,' sprak ze daarop, Pop enigszins verontschuldigend aankijkend.

Niemand scheen het te hebben verstaan, maar Pop schrok.

'Jezus en de overspelige vrouw,' voegde Clara haar geruststellend toe. Ze toverde er op haar bleke engelengezichtje een glimlach bij, die zowel allerliefst als diabolisch kon zijn. Articulerend als een actrice herhaalde ze: 'De overspelige vrouw. Jezus en de overspelige vrouw.'

Maar de andere vriendinnen hadden er duidelijk nog geen oren naar.

Eerst nog wilden ze Pop een voor een feliciteren met het welslagen van haar buffet. Zoveel hoogopgestapelde heerlijkheden, zoveel aanlokkelijk opgemaakte schotels, van mondjesmaat proeven en keuren was allang geen sprake meer, watertandend tastten de dames toe.

Alles was van een hoog culinair gehalte en bovendien gingen hier kwaliteit en kwantiteit hand in hand. Het was buitengewoon goed en er was genoeg. Er kon onbekommerd worden gepropt, er was zoveel dat het niet op kon. Er was te veel. Men kreeg dat nooit weg. Het veroorzaakte het weidse, opgewonden gevoel dat er geen grenzen bestaan. Er kwam een joligheid opzetten die al een beetje leek op baldadigheid. Misschien gooide men elkaar straks wel met slagroomtaart.

Clara gedroeg zich alsof ze de aanblik van de hollebolle Gijzen niet kon verdragen, ze wrong haar slanke handen, ze drentelde met gebogen hoofd eenzaam rond de grote tafel, waaraan de stoelen achteruitgeschoven klaar stonden, maar waaraan nog niemand zat. Men bevond zich met rode konen en beslagen brillen bij het buffet.

Men dolf in de salades, men deed zich goedkeurend mummelend te goed aan petitfours, men babbelde met de mond vol palingmousse en kaviaar. Sommige dames hadden de thee niet aangeroerd, maar waren meteen aan de drank gegaan. De vrouwen zongen eensgezind de lof van de Japanse tuin van Bart.

'Wat zal het zalig zijn in dat prieeltje daar.'

'We kunnen niet in het prieeltje komen, dan moeten we door het watertje heen.'

'Bart had toch een bruggetje gemaakt, ik heb vorige keer zo'n lollig bruggetje gezien.'

'Bart heeft het ophaalbruggetje weggehaald zodat we niet naar het prieel kunnen.'

'Hoe kan Bart dat hebben gedaan? Bart is de goedheid zelve.'

'Pop zegt anders dat Bart het bruggetje expres heeft weggehaald zodat wij niet naar het prieel kunnen.'

'Is die man helemaal gek?'

'Is dat nou een contaminatie of een tautologie?'

'De overspelige vrouw,' klonk het dreigend en smekend.

'Alsof Clara er een weet te zitten,' giechelde iemand.

'Die ze het betaald wil zetten.'

Pop veinsde de opmerkingen niet te horen, ze porde als goede gastvrouw deze en gene aan: 'Kom, laten we even luisteren, neem je bordje en je glas maar mee.'

Men ging dralend zitten. Maar toen Clara zich neerliet in de zetel die aan het hoofd van de tafel stond werd het stil, zo plechtig waren haar houding en haar gebaren. Clara keek de tafel rond tot het nog stiller werd.

Pop zag nu pas dat ze zich had verkleed. Het donkerblauwe kleedje dat ze in de parfumerie had gedragen was verwisseld voor een japon van glanzende witte zijde, met een diep V-vormig decolleté dat als terloops onder de aandacht werd gebracht door de in de punt vastgespelde broche, een in witgoud gevatte saffier zo groot als een kievitsei. Je moest maar durven.

Clara was geraffineerd genoeg gekleed voor een thé dansant, eigenlijk op het ongepaste af. Maar zij met haar edele hoofdje en haar nimfengestalte kon zich nu eenmaal alles veroorloven.

In plaats van iets te zeggen speldde Clara traag haar haren los. Die zaten opgevouwen in een chignon tegen haar achterhoofd aan.

Veel vrouwen met zo'n soort kapsel gebruiken een hulpstukje om volume te suggereren, misschien – schoot Pop nu ineens te binnen – ook Grace Kelly wel. Maar Clara had dat niet nodig. Verbijsterd zagen de tafelgenootjes aan welk een enorme vracht dat bleke, serene hoofdje torste. Als een lawine kwam het haar naar beneden gerold, eerst gleed het over de tengere schoudertjes heen, toen spoelde het snel over de stoelleuning en ten slotte waaierde het wijduit naar beneden tot op de grond.

Clara hield zich met beide handen vast aan de tafelrand, want ze leunde nu ook nog achterover. Beneden bedekten haar lange, zilverblonde haren de vloer. Sommige vriendinnen gingen even staan om te zien hoever de haren eigenlijk waren gekomen. Prijzende en verwonderde uitroepen klonken op.

Clara wiegde een poosje met gesloten ogen heen en weer, zich nog steeds vastklampend aan het tafelblad. Haar meisjesborsten lagen onder de witte zijde te kijk als stevige puddinkjes met een kersje erop. Iedereen gluurde ernaar terwijl Clara iets onverstaanbaars prevelde.

Pop stelde tegen wil en dank vast dat Clara geen beha droeg. Kon zij doen. Zij was minstens zo mooi als de albasten godin zonder armen. Maar toch keek iedereen op een gegeven moment weer strak voor zich uit. Iedereen hield de blik afgewend totdat Clara was teruggekeerd in normale zit.

'Laten we alle prietpraat laten voor wat het is!' riep zij uit met een onverwacht grote stem voor zo'n tenger wezen. 'Laten we het hebben,' ging ze als in vervoering voort, 'over iets met Eeuwigheidswaarde. Laten we het vandaag hebben over het Enige Ware Woord. Gods Woord.'

Een voor een keek ze de aanwezigen aan.

De ogen van Clara waren zo helder en licht van kleur dat ze doorschijnend leken, onder de spiegelgladde oppervlakte lag voor iedereen de smetteloze bodem van haar ziel te kijk. Toch meende Pop er nu een snel opduikende en weer wegschietende duistere vlek in te hebben ontwaard, even leek er een gifgroene schittering te zijn geweest, alsof een uitdagende gedaante aan wal wilde kruipen.

Ach, ze zat in haar zenuwen maar wat te verzinnen: in Clara's heldere zee zwemt een monster van Loch Ness wild heen en weer, had zij stiekem zitten denken, maar haar gegniffel was haar vergaan toen de blik van Clara haar had getroffen. Er flakkerde een stemmetje op, dat vroeg of er vanmiddag nog dromen zouden worden verteld en verklaard, maar het werd met een nadrukkelijk ssst van alle aanwezigen geblust.

Clara keek terwijl ze sprak met wijd geopende, verwachtingsvolle ogen voor zich uit.

'Het verhaal van Jezus en de overspelige vrouw staat in

het evangelie van Johannes,' sprak ze, 'maar of het daar ook thuishoort is de vraag, want de geleerden herkennen er de stijl van Johannes niet in, zij zouden het eerder toeschrijven aan Lukas. In de oudste Griekse handschriften ontbreekt het verhaal, maar het bestaan ervan is na te gaan tot in het begin van de tweede eeuw. Er zijn geen redenen om aan de geschiedkundige waarheid van dit verhaal te twijfelen. Luister.'

Clara rees op. 'Jezus ging naar de Olijfberg.' Clara's stem was nu zacht en opgetogen.

'In de vroege ochtend verscheen hij weer in de tempel en al het volk kwam naar hem toe. Hij ging zitten en onderrichtte hen. Toen brachten schriftgeleerden en Farizeeën hem een vrouw die op overspel was betrapt.'

Vorsend keek Clara in het rond. Ze liet weer een vreselijke stilte vallen. Wist ze er een te zitten? Pop loerde schuldbewust om zich heen of ze signalen gewaarwerd: werd er ongemakkelijk op stoelen heen en weer geschoven, speelde iemand nerveus met armband of halssnoer, niets van dit alles, lodderig en goedhartig gaapten de volgegeten toehoorsters de spreekster aan. Sommigen hadden moeite hun oogjes open te houden, maar hun belangstelling won het nog steeds van de slaap en zij lustten trouwens ook nog wel wat, zij wenkten steels met hun glaasjes. Pop sloop zo onopgemerkt mogelijk rond met de fles.

'Zij plaatsten de vrouw in het midden,' Clara maakte het voilà-gebaar van een goochelaar, daar stond de vrouw, zagen ze haar allemaal staan? 'en ze zeiden tot Hem: Meester, deze vrouw is op de daad zelve gegrepen in overspel. Nu heeft Mozes ons in de Wet bevolen zulke vrouwen te stenigen. Maar U, wat vindt U ervan?' Abrupt ging Clara weer zitten, ze wenkte dat de hoofden dichterbij moesten komen, er moest een kleine kring van goede verstaanders worden gevormd: 'Dat was natuurlijk een strikvraag, begrijpen jullie? Ze wilden Jezus van iets kunnen beschuldigen. Zou hij steniging eisen, zoals de oude wet verlangde, dan zou het volk in hem teleurgesteld zijn, maar zou hij de vrouw zonder meer laten gaan dan konden ze hem ervan betichten dat hij de wet ontrouw was.'

'Jezus,' fluisterde Clara met trillende lippen en gesloten ogen, 'boog zich echter voorover en schreef met zijn vinger op de grond.'

Als in trance trok Clara met haar wijsvinger figuren op de rozenhouten tafel, er ontstond een flauw vochtspoor dat bijna meteen weer vervloog. 'Zie Jezus zitten, zijn haar is kastanjekleurig, de huid van zijn gezicht is bezaaid met talloze koperkleurige sproeten, maar de knoken van zijn vingers en handen en zijn enkels zijn sterk en lijken wel zwartgeblakerd.' Clara ging door als in trance. Jezus, dacht Pop hoe weet ze dit allemaal? Ze had de fles nog in haar hand, merkte ze, maar niemand schoof zijn glas meer bij, iedereen staarde naar de spreekster. Ze was weer gaan staan. De zon, die door de hoge vensters van de serre naar binnen scheen, zette haar in een hevige gloed, de vonken spatten af van haar haren, haar witte jurk was doorschijnend, terwijl zij steeds gejaagder verder sprak raakte in de transparante omhulling haar lijf ten prooi aan ritmische sidderingen.

'Zij hielden maar aan met hun vragen,' hijgde Clara, 'zij gingen maar door en toen richtte Jezus zich op en zei tot hen: Wie van u zonder zonden is werpe de eerste steen op haar.'

Triomfantelijk klapte zij in haar handen. 'Horen jullie?' riep zij buiten adem en zij vervolgde schor, haar hoofd met een ruk naar achteren werpend, haar handen stevig op haar heupen leggend als om ze in bedwang te houden: 'Jezus zei: Laat degene onder u die zonder zonden is de eerste steen naar haar werpen. En weer boog hij zich voorover en schreef op de grond.'

Pop had wel uit willen schreeuwen: 'Wat schreef hij dan?' maar ze wist natuurlijk dat het voor eeuwig verloren was, wat Jezus in het zand had geschreven. Daar was nooit meer achter te komen. Men had het laten verwaaien, men was er met onverschillige poten doorheen geschuifeld. Ze legde haar hoofd in haar armen, de mens was een beest. 'Een voor een dropen zij af, de schriftgeleerden, de Farizeeën, de oudsten het eerst. Jezus werd alleen gelaten. En de vrouw, die in het midden stond.'

Pop voelde hoe iemand naast haar kwam zitten, een arm om haar heen legde, met een vingertje onder haar kin haar gezicht optilde. Clara keek haar ernstig in de ogen: 'Waar zijn ze, die u hebben beschuldigd? vroeg Jezus. Heeft niemand u veroordeeld? De vrouw zei: Niemand, Heer. Toen zei Jezus: Ook ik oordeel u niet.' Clara fluisterde het eerst en herhaalde het toen juichend: 'Ook ik oordeel u niet. Ga heen en zondig van nu af niet meer.'

Pop veegde als een klein meisje haar neus af aan haar hand. Eind goed al goed, zo klonk het verhaal van Clara, maar zo was dat niet gegaan, Jezus, die aardige kastanjerode man met wie zij vannacht had gesproken, al was het dan maar in een droom geweest, was aan het kruis genageld.

Zo was dat gegaan. Het was zonde, Pop moest erom huilen. De rest was haar een zorg.

Clara zat bijna tegen haar aan, heup tegen heup.

'Begrijp je, de wereldleraar heeft de overspelige vergeven.'

'Hij is dood,' mompelde Pop bedroefd.

'Nee, Hij leeft,' zei Clara met nadruk.

Pop merkte op, dat de anderen nieuwsgierig en bedremmeld in hun richting keken. Ze vroeg zich af of het nog zin zou hebben om het misverstand dat nu ongetwijfeld aan het ontstaan was recht te zetten. Ze haalde haar schouders op. Er gebeurden in de wereld wel erger dingen.

Het kon haar niet schelen dat Clara alweer het heft in handen nam en de vriendinnen beleefd maar kordaat de deur uit werkte.

Ze keerde terug en zei: 'Ik ben zo blij dat ik dit vanmiddag voor je heb kunnen doen,' en zonder Pops antwoord af te wachten omhelsde ze haar en kuste haar op de mond. 'Jezus vergeeft,' lispelde ze voor ze haar tong naar binnen liet glippen. Het verbaasde Pop hoe brutaal en stevig het tongetje ronddartelde in haar mondholte en op het moment dat ze zich afvroeg of ze dit van Clara, uitgerekend van de serene Clara, had verwacht werd haar hand driftig onder de zijden rok gevoerd. Ze droeg er niets onder, dat hadden ze zonet dus goed gezien.

Als een knipmes sloten haar benen rond Pops hand en vervolgens stulpte ze met draaiende lendenen haar hele lijf over de slechts flauwtjes tegenspartelende vingers heen. Ze voelde vochtig en glibberig aan, haarloos, alsof ze was ingezeept, ze had een enorm geslacht, dat met grote teugen in en uit scheen te ademen, als een zeeanemoon.

Pop liet zich meevoeren op deze deining, ze wiegde heen en weer als op de golven van de zee. Voor het genot zo vormloos werd dat ze erbij in slaap viel, begonnen gespierde handjes haar intensief te masseren. Pop vond het beleefder om zich te ontdoen van haar step-in. Zij viel bijna om toen zij het kledingstuk van zich afstroopte.

Gorgelend lachend ving Clara haar op en vlijde haar neer op de grond. Zij spreidde Pop uit en ontdeed haar als een zorgzame engel, hooggestemd neuriënd, van al haar kledingstukken.

Toen zette ze zich, een vederlichte amazone, boven op Pops dijbeen. Heen en weer schuivend riep ze God en de Zoon aan.

Opeens vloog ze van haar plaats, ging wijdbeens boven op Pops gezicht zitten en liet haar zeeanemoon ontploffen, het werd een extatisch rollend en zuigend gevaarte dat zich schoksgewijs stromend ontlaadde.

Pop had de tijd niet gekregen voor andere gewaarwordingen dan verbazing. Maar ze hoefde zich helemaal niets af te vragen. Waarschijnlijk was er niets gebeurd. Alles was immers als in een droom geweest, even tijdloos en vormloos.

Clara stond smalletjes maar kittig overeind, alsof er niets was gebeurd. Zij moest als de wiedeweerga de smetteloos witte japon weer over haar hoofd hebben geworpen.

Ze stapte kordaat in haar hooggehakte sandalen.

Pop had nog niet eens gemerkt dat ze die uit had geschopt. Pop constateerde ook nu pas hoe minutieus gladgeschoren Clara's lange, bruingebrande benen waren. Natuurlijk droeg ze geen kousen.

Vanmiddag had ze in het zonlicht naakt geleken. Ze droeg helemaal niets onder haar zijden japon, iedereen had het vanmiddag gezien, maar iedereen had beleefdheidshalve gedacht dat men ten prooi was aan de eigen, schunnige verbeelding.

Wat jammer dat ze haar prachtige haren ook alweer zo vlug had opgekamd in een wrong.

Pop raakte gauw een krulletje aan dat nog niet was gevangen. Het leek of Clara schielijk haar hoofd wegtrok.

Maar het was ook al laat geworden.

Clara's gezichtje stond in zichzelf gekeerd. IJzig was niet het goede woord. Alleen in haar grote ogen viel nog een zweem groen te bekennen, het grote dier zwom nog lui rond. Het treuzelde misschien wat na voor het moest afdalen. Of zou het nog een keer willen opspringen?

Pops kleren lagen verfrommeld in een hoop op de grond, het liefst had ze zich erop neer laten vallen om een dutje te doen, maar Clara hield haar, op een armlengte afstand, stevig overeind.

'Flink zijn.' Clara tuitte haar lippen en drukte een vlinderlicht kusje op Pops wang. 'Hij vergeeft...' fluisterde ze, 'maak je geen zorgen meer, Jezus zal je alles vergeven.'

De zon was weg, het was stil in huis en nu werd het nog koud ook, maar Pop zat nog steeds verbouwereerd om zich heen te kijken boven op haar stapeltje kleren. Ze likte af en toe maar eens aan haar hand omdat ze niets beters wist te doen en ook omdat ze, net als een poes, zich uit verlegenheid wel zou willen wassen. Ze hoorde de auto van Bart op de inrit. Geen gierende banden. Hij kwam rustig ronkend nabij, gelukkig, dan was hij niet kwaad meer. Maar dat zou hij allejezest snel wel weer worden zodra hij de wanorde hier aanschouwde en haar er middenin, als oud vuil.

Pop wierp zich languit op de vloer om bij haar schoenen te komen, ziezo, die had ze beet en nu wrong ze met moeite haar voeten erin. Nu zou ze met de buik in en de borst vooruit, met de pas van de lome cheeta – een lange, glijdende pas – naar de hall moeten gaan om Bart te begroeten. Te laat. Hij was er al. Hij stommelde de kamer in, schuilgaand achter drie, vier, vijf bossen bloemen. Hij liet ze allemaal vallen, zo blij verrast was hij haar te zien. Hij glunderde breed.

'Wat zit je daar op je kleertjes? Moet je niet even je badjasje aan?'

Dat was haar Bart ten voeten uit. Hij nam alles zoals het kwam, hij zocht nergens iets kwalijks achter, hij dacht waarschijnlijk dat ze hier zomaar een beetje bloot op hem zat te wachten. Hij bewoog zich richting deur om het badjasje vanboven te halen.

'Dansje doen! Ons dansje doen!'

Bart keek even verbluft, maar stond ook hier meteen voor klaar.

Hij scharrelde rond bij de geluidsinstallatie en na een tijdje klonk het donker en oud en vertrouwd:

Just like a torch you set
the soul within me burning
I must go on and on the road
of no returning
and though it burns me
and it turns me into ashes
my whole world crashes
without your Kiss of Fire!

De zaterdagnacht was nog jong. Het duister onttrok het lieflijke Zuid-Limburgse heuvelland aan het oog, maar aan de hemel fonkelden sterren en hier beneden knipoogden autokoplampen. Het was druk op de weg naar villa Pandemos.

'Ze zei dat Jezus mij zou vergeven, maar Jezus hoeft mij

helemaal niets te vergeven,' riep Pop voor de zoveelste keer verontwaardigd uit.

'Wat zou Jezus jou nou moeten vergeven, meiskie-mijn?' viel Bart haar bij.

'Laat Jezus Clara maar vergeven,' vervolgde Pop kattig, 'ze heeft nota bene een zoontje op kostschool.'

'Ik zei je toch al dat dat wijf zo geil is als Grace Kelly,' zei Bart. Hij schakelde terug en liet de Jag stapvoets de heuvel beklimmen, hij ging er zelf ook gemakkelijk bij zitten. 'Vertel nou nog es, Poppedein, was ze zo kaal als een kikker van onderen?'

'Ze was net een spons, een levende spons.'

'Vertellen, vertellen,' riep Bart opgetogen, 'straks hoeven we helemaal niet meer naar Pandemos.'

Maar ze waren er al.

Duitse Gloria galoppeerde haar paddestoel uit, ze droeg lichtgevende ringen om armen en benen.

'Kom hier jullie touterds met een tee, we hebben weer iets nieuws.'

Ze greep de pols van Pop stevig vast en drukte er vliegensvlug een stempeltje op. 'Daaro!' zei ze voldaan. 'Doet het je ergens aan denken? Nou, je komt hier niet om te denken. Maar onze betalende klantjes willen zich graag onderscheiden van onze gate-crashers. Het stelt twee duifies voor dus het staat snoezig bij je Yamamoto. Of is het je Issey Miyake? Je Kareltje Lagerfeld dan? Chanelletje? Peek & Cloppenburg?'

Ze kneep Pop speels in de wangen, ze bekeek haar prijzend en tongklakkend steeds opnieuw van top tot teen. Ze wendde zich tot Bart: 'Ik zou mijn mollige Carmen hier niet los laten rondlopen, meneertje.'

Bart bromde goedmoedig wat voor zich uit, hij gaf Pop ongeduldige duwtjes in de rug. Maar Pop kon niet vooruit komen, want Gloria klampte zich nog steeds aan haar vast. O, dit eenzame ongeluksgedrocht dat toch ook net als wie niet naar liefde hunkerde, bedacht Pop beschaamd, hoe had ze haar in het gezicht kunnen spuwen? Ook in een droom gaf het geen pas. Ze wilde het goedmaken en sloeg haar armen om Gloria heen, een onverwacht pikante melange van muskus en chloor verraste haar, maar dat was niet de reden waarom ze plotseling haar adem inhield. Over de misvormde, nog altijd bultige schouder van Gloria heen zag ze verderop in het park een rijzige man met dik, halflang haar zoekend langs het struikgewas lopen. Hij was gekleed in een zeemleerachtig, loshangend kledingstuk.

Hij bevond zich nu vlak bij het gat in de meidoornhaag, die het landgoed scheidde van de oude begraafplaats. De man wilde vertrekken.

'Ach, wacht nog even,' riep Pop ondanks zichzelf. Ze moest zich inhouden om hem niet als een hondje achterna te rennen.

Maar op dat moment stootte een windvlaag de deurtjes van de paddestoel open en de nachtwind dolde het kantoortje binnen en greep er lange, gekleurde linten van het bureau. Serpentines met fijne tandjes zeilden over de hoofden van Gloria, Pop en Bart heen de duisternis in.

'Goddomme me zegels,' schreeuwde de portierster. Ze liet Pop los en sprong hulpeloos, met zwaaiende armen, rond.

Pop zag op het bureau allerlei blikken trommeltjes staan. Eronder geschoven lagen zegelboekjes, de volgeplakte op een stapeltje dat extra was beveiligd door een presse-papier in de vorm van een doodskop. 'Oranje zegels van de koffie en die gele van de benzine en die blauwe, die weet ik niet. Waar waren die blauwe zegeltjes van?' Pop vroeg het zich nerveus hardop af. Ze wauwelde maar wat. Ze verkeerde in hevige tweestrijd. Moest ze de portierster helpen of achter de wereldleraar aan?

Gloria neusde rond onder de struiken, ze kroop op handen en voeten over de grond. Pop zakte op haar knieën.

Uitbater Fritz drentelde naar buiten, snoof behaaglijk de kruidige nachtgeur op en stak met een lange openhaardlucifer een havanna aan. Hij keek naar de knielende vrouwen en knikte vaag glimlachend naar Bart.

''t Is lente,' zei hij, 'iedereen zoekt wat.'

Pasdame

Als er vanavond niet over Isabel was gesproken, had ik met een gerust hart de winter tegemoet durven gaan. Maar ze is opnieuw als een spin aan een draad uit de lucht komen glijden, om weer vlak voor mijn neus haar web te weven. Of verbeeld ik het mij?

Lang geleden, in de dagen dat deze buurt nog dommelde in een schemer tussen deftigheid en decadentie, zou niemand hardop over haar hebben gepraat. Men vond het voornamelijk hinderlijk dat zo'n scandaleuze juffer was neergepoot op een kruispunt van wegen, zo'n juffrouw hoorde hier absoluut niet thuis en zij was hier dan ook alleen maar terechtgekomen door gebruik te maken van haar duistere krachten.

Toch herinner ik mij enkele ouwe taaien die haar aanwezigheid galant incasseerden, als een straf voor de eigen zonden. Deze dapperen schuifelden, op weg naar leverancier of café, rustig langs het bezoedelde pand, lieten zich desnoods door het wijf aanroepen en binnenlokken en spraken nooit met een woord over wat er bij zo'n ontmoeting verder gebeurde. Maar dat het niet aangenaam en op den duur zelfs belastend moest zijn, bleek wel toen de een na de ander van deze bejaarde heren een nieuwe route koos, ook al betekende dat op hun leeftijd een akelig eind om.

Gaandeweg stierven de heren uit of ze verdwenen zomaar, en de buurt onderging een spontane verjonging, met alle vulgaire nevenverschijnselen van dien, maar zeer tot tevredenheid van de neringdoende middenstand, die met vreugde nieuwe, modieuze jongelui binnenhaalde die ineens de mond vol hadden over 'hun' nostalgisch stukje Den Haag.

Wat weten zij ervan?

Ik zocht vergetelheid in een etalage, de etalage van de voormalige winkel in Schrijfbehoeften.

Hier, op dezelfde plaats waar ik onbeholpen tentoon zit gesteld, stonden vroeger de elegante brievenwegers en daar, op die plek verder naar binnen toe, waar nu de dikke serveerster wordt uitgekafferd door de man met de koksmuts en de snor als van Adolphe Menjou, daar zocht ik mijn penhouder uit, mijn schooletui en mijn gemarmerde schriften.

Als ik zou willen kan ik van hier uit het huis aan het water zien. Het blauwe leien dak is, murw als een verregende hoed, over de pui naar beneden gezakt.

Laat ik hopen dat de ramen blijvend zijn dichtgespijkerd en dat de deur opnieuw is gebarricadeerd, ditmaal met deugdelijk hout, wat toch wel mag voor de prijs.

Als ik voorover zou durven leunen kan ik misschien zelfs een glimp van het water opvangen waarin het huis zich, in mijn herinnering, parmantig weerspiegelt.

Er valt niet zoveel meer te weerspiegelen, maar ik weet nog goed hoe het vroeger was. Toen was het water nog van doorschijnend goud als de zon erin scheen en er zwommen kanjers van bloedrode vissen in.

Dit moet gedeeltelijk onzin zijn.

Maar ik, een onbetekenende ambtenaar op leeftijd, die bij het Rijksarchief pretendeert vervlogen werkelijkheid voor het nageslacht vast te leggen op fiches waarnaar nimmer iemand zal vragen, verlustig mij nu maar eens in de flonkering van kinderherinneringen, wetend dat ze waardeloos en verraderlijk zijn als de talloze scherven van een gebroken vaas. Ik veroorloof mij mijn herinneringen in alle gemoedsrust, het maakt in wezen geen enkel verschil met mijn betaalde bedrijvigheid overdag, die ik in ditzelfde uur nog naar behoren zou zitten te verrichten, had zich niet de eerste onheilsbode al vanochtend vroeg vertoond op mijn pad.

Ik sta met mijn vader, die ik koppig mijn leven lang vader zal noemen al dacht hij daar anders over, op de brug over de Mauritskade, het water was van doorschijnend goud, kabbelend boven een wereld die ik niet kon peilen en waarin ik die dartele rode vissen vermoedde; en toch deugde het water ook toen al niet, want er had zich een mens in verdronken, een jonge vrouw.

'Een mallote met liefdesverdriet,' vertelde mijn vader, 'een brutaal schepsel, dat kun je geloven. Ze had nota bene een botergeel swaggertje aan met zo'n kunstzijden voering en dat manteltje was omgeklapt rond haar hoofd, dat zat als een schroef in de modder. Zij wilde zeker dotterbloem spelen en had te dien einde dat jasje gekocht, het prijskaartje zat er nog in.'

Hij wees met zijn hand streng naar beneden.

'Hier pal onder ons bevond zich die dwaze vertoning,'

zei hij. 'Op klaarlichte dag. Zulke mensen hebben geen last van enig gevoel voor discretie.'

'Wacht hier op mij,' gebood hij iedere keer, alle jaren, 'het kan even duren, maar dan verzin je maar wat in je brein ten vermake, ik wil je geen millimeter van je plaats verschoven zien. Kijk voortdurend recht voor je uit en niet om je heen als een straatslijper.'

Gehoorzaam tuurde ik uren in het water, zag de vissen en nog veel wonderlijker wezens, die zich soms losmaakten uit de weerspiegeling van de kersenboom op de wal. Deze wezens bezorgden mij vaak een heftige schrik, heftiger nog dan het vermaak in mijn brein over dotterbloemen in botergeel jasje.

Mijn verzinsels kon ik tenminste verjagen. Het andere week nooit.

Zonder mijn hoofd te bewegen kon ik ver naar links en naar rechts kijken, van onder mijn wimpers die te lang waren voor een jongen. Mijn vader verafschuwde mijn wimpers, 'hij lijkt wel een meid, die jongen van jou, dat is nog het minst ongunstige wat ervan te zeggen valt: een meid', en hij dreigde eens van nabij, met een lucifer, ze te fatsoeneren.

Maar ook die keer viel, zoals zo vaak, mama in onmacht. Ze deed dat altijd vlak voor de vestibuledeur, op het marmer van de hall, zodat niemand meer bij ons in of uit kon. Bezoekers voor mijn vader drentelden dan in de vestibule op en neer, het gezicht naar het plafond geheven. Wij, het personeel en ik, vooral de boodschappenmeid met haar tas, schoten af en toe schichtig de gang in om te zien of er alweer beweging in kwam, en dan keken wij steels naar de zwarte staande klok, die veel te snel de minuten aftikte. Zij viel meestal in onmacht als vader net uit was. Maar dat hij zou terugkeren was onherroepelijk en voor die tijd móésten wij, enfin, de dokter had ons verboden haar aan te raken, alvorens hij, zoals hij dat noemde, persoonlijk ter plekke was.

'Ach wat, flauwekul,' riep vader. Ik herinner mij alle keren dat hij er te vroeg, volgens ons, alweer was. Hij duwde de vestibuledeur zo ver mogelijk open en schoof haar gewoon opzij, met zijn voet. 'Flauwekul, aanstelleritis.'

Hij gebaarde dat de beleefd glimlachende bezoekers achter hem aan moesten komen, ze stapten met hooggeheven knieën over mama heen, almaar star glimlachend en recht voor zich uit kijkend, ietwat onhandig toch, alsof ze uit een schommelende roeiboot aan land klauterden.

Mama lag er ook nadat Isabel had aangebeld en ik haar per ongeluk had binnengelaten en Isabel meteen de vestibule in vloog.

Natuurlijk behoorde ik niet te weten wie zij was, maar ik wist het en ik zag mama, in de gang waar zij mij opwachtte, langzaam tuimelen.

Daaraan was ik toen wel gewend geraakt. Maar wat moest ik beginnen met die vrouw die als een rijzweep over mij heen knalde en mij toebeet: 'Ik had net zo goed jouw moeder kunnen zijn, jochie, dus haal pa naar beneden.' Zij tilde mij bijna op aan mijn donkerblauwe stropdasje. Zij was eerst een rijzweep en toen werd zij de kersenboom, die ondertussen armetierig, lang en geel was geworden en nooit meer bloeide. Even bespottelijk en nerveus als die uit zijn krachten gegroeide kersenboom zwiepte zij heen en weer. 'Haal je vader, haal ogenblikkelijk je vader,' perste zij zowat door haar neus en voor mij ging daar toen geen enkele bezwering van uit, zij scheen mij het belachelijkste en lelijkste vrouwmens toe dat ik ooit had gezien.

Ik was niet veel ouder dan elf.

Later, ja later, ben ik haar natuurlijk wél mooi gaan vinden, zoals dat gaat: langzaam leren ogen en lichaam de schoonheid van de verschrikking kennen.

De Denneweg was even somber als de naam al zei, eens moesten hier dennen hebben gestaan en al waren die lang geleden verdwenen, hun zwarte schaduwen hingen er nog en de scheuren die zich altijd bevonden in het meestal wat klamme asfalt, waren als een weerspiegeling van geradbraakte takken.

Vader en ik verlieten in straffe pas ons huis aan het Lange Voorhout. Licht was het daar en lieflijk, vrolijke schelpen op de stoep en volop ruisend gebladerte boven ongehaaste passanten. Nog geen honderd meter daarna doken wij, met een flauwe bocht ook nog, alsof het ongezien moest gebeuren, die donkere keel in, die Denneweg.

Eerst echter kwamen nog, ik breng mij die volle wangen nog steeds als iets verheugends en onfatsoenlijks te binnen, de paar ronde, crème en roze huizen in het stukje dat Vos in Tuinstraat heet. Dat is een naam om verwachtingsvol bij te lachen. Daar bevond zich dan ook een patisserie, waarvan de etalages nu in mijn herinnering toppunten van uitdagende wulpsheid zijn. Ik begreep toen waarschijnlijk niet goed waarom al dat uitpuilende en bij de aanraking van een blik al zachtjes lillende roze en wit mij zo boeide, maar ik waagde het zelfs om er de pas voor in te houden en kortstondig bij die onbegrepen verleiding te dralen.

Twee oorvegen, nooit meer dan twee, maar wel zo krachtdadig dat ze mij het schreeuwen, en daarna enige tijd ook het spreken beletten.

Taartjes! Die waren voor meiden en mieten. Tegen de tijd dat ik om excuus kon vragen, al was het dan fluisterend, waren wij gelukkig al een heel eind op streek op de Denneweg.

Voorbij aan de donkere apotheek, waar bij het piepend opengaan van een zware deur glimpen werden opgevangen van gifmengers die een lijzige dans opvoerden voor terneergeslagen gifslikkers, voorbij aan de fietsenwinkel en aan de sigarenboer, waar vader eens, nadat ik weer een zondeval had bij de taartjes, een doosje kleine sigaren voor mij kocht dat ik op de brug tijdens zijn afwezigheid leeg diende te roken. Wij waren ook, voortsnellend door de rommelige en duistere sleuf, aan alle als in verbleekte rotsen uitgehouwen kroegholen voorbij gegaan, goddank, want soms ging hij naar binnen en werd ik, wachtend op de stoep, door vreemden aangesproken en omvergelopen. Wij hadden de koffiebranderij en de broodjes, de bric-à-brac en de Fijne Vleeschwaren en eindelijk de Schrijfbehoeften achter ons en daar opende zich het overzichtelijke en vriendelijke panorama van een viersprong, de brug over het water van de Mauritskade als een bescheiden sieraad ermiddenin, links kastanjes en rode beuken, rechts, van hier af nog niet heel goed te zien, want het lag dieper aan het water, het lusthofje met witmarmeren beeldjes en kersenboom, daarachter het ranke en hoog opgaande huis met het bleekblauwe, leien dak en de azuurblauw geverfde deur en daarop een klopper die ik vanaf mijn wachtpost, van onder mijn wimpers, niet wist te duiden, het ding blonk te fel, het werd blijkbaar vurig gepoetst, het deed schitterend pijn aan mijn ogen.

Het was een Bourbonse lelie, mijn hand kan zich er nu nog altijd ogenblikkelijk naar vormen, met onverminderde weerzin en dezelfde niet te vergeten verrukking.

Mijn vader is in mijn ogen nooit ouder geworden, ik werd het wel, schoksgewijs en nu ben ik in feite al ouder dan hij.

Rijzig was het woord dat bij hem paste, rijzig en van dichtbij diepblauw van ogen, nog dichterbij zwartblauw van een overdag alweer opzettend baardwaas.

Ik zie een diepblauw silhouet in het water. Het vecht zich driftig in de allang veel te ver doorgeschoten kersenboom heen en weer. Hij, die zo zwierig maar natuurlijk ook militairement altijd zijn hoed droeg, had er nu stijfjes een op, als elke andere willekeurige burger. Ik zag hem ondersteboven, de hoed naar beneden gekeerd, niet afvallend ondanks zijn onbeheerst bewegen. Vader was, vanuit mijn perspectief in het water, aan eigen voetzolen vastgeketend en leek zich met geweld van zichzelf te willen ontdoen.

Het beeld van een vrouwengezicht dringt zich op, onberispelijk ovaal als een zeldzame parel en de huidskleur al even transparant.

Ze moet in de deuropening sarrend hebben staan glimlachen, maar dat kan ik niet hebben gezien. Dat is mij dus later verteld, door haar.

Hoe oud ben ik op die brug dan toch nog geworden? Roep ik mijn werkelijkheidszin aan dan verbaast het mij zeer, het kan toch niet zijn dat ik al zestien, of achttien, wellicht twintig jaar was en daar nog altijd braaf stond te staren in allengs dichtslibbend, van goud tot brons, van brons tot drek wordend water?

Vader diende mij, toen hij die laatste keer uit zijn schermutseling was verlost, bij terugkomst de gebruikelijke stoot in de ribben toe, maar hij sprak op een ongewone, snuivende manier, alsof hij zich moest inhouden om niet te exploderen. De verachtelijke grijns, die altijd als hij het woord tot mij richtte om zijn mond lag, was even vertrouwd als anders. 'Kijk eens aan, nu zullen we nog beleven dat de overheid hoeren gaat subsidiëren. De sloerie krijgt godverdomme duiten van deze malle regering.'

Wij sloegen niet de weg in naar huis. Wij marcheerden door onbekender wordende dreven, waar de huizen grauwer en kleiner werden en waar in de smalle straten de dampen van bedrijvigheid en verkeer waren samengepakt. Ineens stonden wij in de Hemsterhuysstraat. Zelfs in Den Haag waren maar weinig straten te vinden waar benepen burgermansidealen het zo dodelijk af moesten leggen tegen de armoede. Ik kende die straat, omdat het Museum voor het Onderwijs er was gevestigd en daar moest ik, met mijn schoolklas, wel eens naar toe, om stoffige geraamten, kapotte voorwerpen die men had opgegraven of vergeelde landkaarten te aanschouwen.

In het Museum hing achter melkglazen ruiten een bedompte sfeer van krijt, muf papier en slecht trekkende kolenkachels. Die benauwende sfeer was volgens mij uitgesijpeld over de hele straat, ik kon niet geloven dat daar echt mensen woonden.

Met zijn wandelstok tegen mijn knieën maakte vader het haltgebaar. Toen trok hij eerst mijn elleboog naar zich toe en pakte daarna mijn hand vast. Ik wachtte gespannen af. Onderweg had ik mijn handen niet in mijn zakken gestoken, ik had mijn armen niet slungelig langs het lijf laten slingeren en al in geen maanden had ik meer op mijn nagels gebeten. Wat kon er mis zijn met mijn hand? Maar hij hield hem alleen maar vast, hief hem op en lichtte, met een bijna tedere streling, mijn wijsvinger omhoog.

'Wijzen mag niet, dat heb je geleerd. En jij weet niet beter dan dat wijzen zeer onbeleefd is. Zeg op.'

'Wijzen is zeer onbeleefd,' antwoordde ik helder.

Hij hield nog steeds mijn hand vast. Zijn zwartgehandschoende linkerhand klemde mijn rechterhand bij de pols, maar zijn andere, ongeschoeide hand stuurde mijn vinger met lichte bewegingen in een richting naar boven.

'Onze fatsoensnormen zijn je reinste grillen,' donderde hij ineens op me in. 'En het is nu tijd dat je dat gaat beseffen. Dat een beschaafd mens niet zou mogen wijzen...' mijn hand schoot zo ver als mijn arm reikte de lucht in, 'is nonsens, die voortkomt uit baarlijk bijgeloof. Men zou door te wijzen het boze oog werpen op iemand of iets. Heb je het ooit zo zout gegeten? Dat noemt zich beschaafd. Het is primitief. Welnu, jij wijst nu naar het geboortehuis driehoog voor, waarachtig nee, het is vierhoog ook nog, vierhoog voor, van zekere juffrouw Nellie Meier, bijgenaamd Isabel, *pasdame* van professie. Zie naar dat dakraampje, het roetzwarte dakraampje, daarachter bevond zich de goudgelokte kleine sirene en gluurde hardvochtig en hebzuchtig onze al even hebzuchtige en hardvochtige wereld in. Toen besloot ze, *terecht*, zich daarin te laten vallen.'

Hij liet mijn hand los, begon luidkeels te lachen en gebaarde breed om zich heen. Maar zijn verhaal, dat ik toch al niet goed had begrepen, werd nog verwarder.

'Je weet het wel. Nu woont onze pasdame aan het water. In een huis waar ze naar heeft *gewezen*. Verdomd, ze wandelde over de brug, onze Isabel, onze hoogpotige spin

Isabel, aan de arm natuurlijk van een slachtoffer dat ze eerst had verdoofd, maar laat ons met slachtoffers nooit meelij hebben, ze *wees* naar het aardige huisje. "Hier wil ik wonen." Er zat daar een vrouw met een kind voor het raam en er hingen van die grote koperen bakken begonia's buiten maar de luiken waren, zoals het behoort, rood, wit en groen geverfd. Aangenaam, zeer verzorgd, een huis voor het Kleine Geluk. Ze stond pal op de brug, Isabel, op haar hoge poten, geen centimeter kreeg je haar verder mee: "Hier wil ik wonen."

Enfin, welke les heb je hieruit getrokken?'

Dat vroeg hij pas toen wij weer marcheerden. Hij, zoals altijd met driftige passen, minstens twee meter voor mij uit.

'Welke les?' schreeuwde hij, zonder zich om te draaien.

'Pasdames brengen ongeluk,' riep ik wanhopig, omdat ik er verder niets van kon maken.

Hij hield stil opdat ik gelijk met hem kwam.

'Zo zo, pasdames brengen ongeluk. Wat mij betreft mag je het in je oren knopen. Maar veronderstel daarom niet,' voegde hij me toe en tikte me op de gebruikelijke manier met de wandelstok op de wangen, 'veronderstel daarom niet dat je moeder een haar beter zou zijn.'

Tot voor kort zag ik hem nog vaak voor mij uit lopen. Dan wist ik, nog jarenlang na zijn dood, niet wat te doen. Hollen om hem in te halen en hem in de ogen te kijken, ogen die dan ongetwijfeld, geruststellend of teleurstellend, van een vreemdeling zouden zijn. Of stilstaan.

Bedachtzaam en roerloos stilstaan, om hem eindelijk, eindelijk uit het zicht te zien gaan.

De brug over de Mauritskade is in mijn leven gebleven. Ik passeer de brug nu zelfs al bijna een kwart eeuw lang tweemaal daags.

De kamer, die ik dezelfde kwart eeuw bewoon, ligt ongeveer twintig minuten gaans van mijn werk.

Daarheen en terug zijn verschillende wegen mogelijk.

Ik zou over de bolle brug, die een eindje verderop ligt, moeten en willen gaan.

Maar mijn hoogtevrees maakt het ondoenlijk.

Licht angstzweet breekt al uit bij een trapje van meer dan twee treden. 'Meneer Otto beeft al als hij per ongeluk op een afgevallen herfstblaadje stapt,' zegt de zachte Hadewych Molenaar, die in de lift (men legt tegenwoordig geen begaanbare trappen meer aan) het onbeschrijflijke lef heeft om tegen mij aan te leunen, haar poezelvingertjes op mijn schouder te leggen. Deze studente kunstgeschiedenis is tijdelijk bij ons aan het werk. Dit tijdelijk duurt nu ook alweer eeuwen. Ik verafschuw elke seconde van haar mollig en medelijdend aanwezig zijn.

Ik streef ernaar dat men de klok op mij gelijk kan zetten, als op Kant te Koningsbergen. Mijn enig houvast is regelmaat. Werken, dromen, slapen, werken. Ik geef mijn drinken toe. Maar drinken vanaf zeven uur 's avonds en om klokke twaalf beschonken zijn, dat is ook regelmaat.

De nachtelijke uren om van de koortsachtige poëzie van de dronkenschap te bekomen, acht nachtelijke uren, het zijn er meer dan voldoende om weer het hoofd te bieden aan al het onbenul van de realiteit: met de hand fiches beschrijven voor een Archief dat binnenkort geheel zal zijn geautomatiseerd.

Zij willen me daar dan ook af laten vloeien en ze hebben me naar een psychiater gestuurd. Een jongeman genaamd Wilkens. Eén middag per week zuchten hij en ik een uurtje tegen elkaar aan op 's Rijks kosten.

Hij stelde bij onze eerste ontmoeting een vraag, geformuleerd als volgt: 'Och, niet om het een of ander, maar meer als deurknop zal ik maar zeggen, voelt u ervoor om een paar van uw ideeën te verklappen omtrent de zin en betekenis van uw leven?'

Als hij nu hier naast mij zou zitten, in de etalage van de winkel voor Schrijfbehoeften, thans genaamd Bistro Robjan, dan zou hij niet opvallen tussen de vlotte bezoekers.

Mijn psychiater draagt openvallende, luchtige pijen van wit met grijs antilopeleer, waaruit zijn luchtig geföhnd blond borsthaar wuift. Vanuit de diepte van zijn aapachtig gespierde, maar verder vel-over-bene gestalte loert een vervaarlijk sieraad naar mij. Laatst dacht ik dat het een goudomrand mensenoog was. Mijn hele uur heb ik gewijd aan het gluren in zijn decolleté. Vraag mij op mijn tweeënvijftigste jaar maar naar de zin van mijn leven.

Ik zit zonder mij te verbazen een uur lang mijn nek te verrekken en mijn ogen op steeltjes te zetten om het halssieraad van een jongeheer te beschouwen. De verveling valt ons beiden inderdaad af en toe zwaar. Dan verwijdert hij zich tien minuten uit de sessie en ik bekijk de in plexiglas, geloof ik, gevatte foto's op zijn bureau.

Een vrouw natuurlijk. Ook al blond en met deftige konijnentanden in zo'n kervende lach die van nature constant triomfantelijk is. Zij steekt gespierde armen naar voren uit een wit truitje en priemt met haar tolvormige borsten bijna door het plexiglas heen. Hier ontbreekt natuurlijk een tennisracket. Maar het ontbreekt niet, zie ik de volgende keer, als ik er mijn leesbril bij heb opgezet. Zij houdt het als een honkbalknuppel in beide handen.

Op de andere foto vanzelfsprekend kinderen. Drie blonde, met apenlijf en konijnentand.

De een na laatste overwinning die Wilkens en ik op onszelf hebben behaald is dat wij hebben besloten tot tutoyement. Onze zwijgzaamheid groeide bevredigend.

De laatste slag was echter geheel aan hem. Na drie kwartier geschuifel en aaneenrijgen van stiltes, nadat ik drie kwartier zijn regelmatige, diepe ademhaling had moeten doorstaan, hief hij plotseling het hoofd en sprak luid: 'Het is natuurlijk wel zo, Otto, dat wij eigenlijk aan onze stand verplicht zijn...' Daarna niets meer. Maar hij waagde het mij de nog resterende minuten voluit in het gezicht te kijken, zijn hoofd gemakkelijk in de handen gestut, zijn onderlip naar voren geschoven.

Ik werd bijna nog woedend ook. *Wie* waren *wat* verplicht aan *wiens* stand?

Wilde hij eens weten waartoe ik mij verplicht had gevoeld aan mijn stand van misschien enigszins ontredderd maar helaas nog niet geheel gevoel- en gewetenloos individu?

Wilde hij de miezerige werkelijkheid kennen van enige tonnen achtergelaten schulden die ik had aanvaard, in plaats van manmoedig een nalatenschap te verwerpen van wie mij vreemd had moeten zijn? Ik betaal braaf met volstrekt geestdodende en, in mijn voorstelling, eeuwigdurende arbeid. Maar misschien wilde hij weten hoe het voelt om voortdurend te verkeren in die staat van genade die naar men zegt wordt veroorzaakt door zelfverloochening? (Hoewel veiligheidshalve met vernietiging altijd binnen handbereik, zoals mama haar migrainepillen.)

Was hij oprecht benieuwd naar wat er zoal onder mijn onopvallend, aan de oppervlakte spiegelglad schijnend bestaan ligt, deze weeklederen, in de watten liggende snotneus?

Of zou hij zich, onhandig kuchend, afkeren van de aan mijn stand, wat zeg ik, aan mijn leven verplichte taferelen die zich het dichtst bij de bodem hebben afgespeeld?

Ze lokte me op een namiddag binnen, was het november of december, als nu? In elk geval een onheilstijd, ik had dat moeten beseffen. Op de brug werd ik staande gehouden door geroep van achter een op een kiertje geopende deur.

Misschien wilde ik het geroep wel horen, maar mijn hoofd was, als altijd, afgewend.

'Otto, kleine Otto, kom hier.'

Het begon meteen nog doordringender te regenen, een kille walm kroop uit het plaveisel omhoog tot in mijn kruis. Uit het grachtwater maakte zich een door merg en been kwakende eend los, die onhandig de wal op fladderde en tezamen met mij naar de deur toe waggelde, waar een straaltje licht uit kroop.

'Otto!' Vergezeld van een klokkende lach hoorde ik mijn naam weer. De woerd, die in het licht was gaan staan, schudde zijn veren en deed vervolgens zijn snavel geluidloos wijd open.

Als ik toen met gezwinde spoed was omgekeerd, mij daarna thuis bij de gashaard had gewarmd en mijn maaltijd, waarvoor ik de bescheiden ingrediënten bij mij droeg in een plastic tas, had bereid, ja, wat dan?

Ondanks bange voorgevoelens begaf ik mij toch naar de deur. Daarachter kon zich immers een mens in nood bevinden.

'Halfzes alweer en nog niks te vreten,' klonk het van achter die deur.

Ineens stond ze daar, Isabel, een groot afgodsbeeld van een Egyptische kat, haren, lijf en kledij in die onbestemd beige tinten, chocoladebruine oren gespitst leek mij toe, bij het lachen had ze de kleurloze lippen enigszins opgetrokken zodat men de puntige hoektanden kon zien, de enige, zag ik, die ze nog had. Maar verder had ze de tijd met nonchalante gratie weerstaan, meende ik. Het kon zijn dat er uit haar rug nu een bult groeide, al was dat niet goed waarneembaar, omdat de vrouw zich in een vracht wol en zijde gewikkeld had.

De mummie zwaaide in de deuropening heen en weer, totdat er aan de onderkant platte, brede voeten uit kwamen zoals het landingsgestel bij een vliegtuig, schrap werden die voeten gezet, elk tegen een deurpost. Toen moest het hoofd nog in beide handen gevat om het stil te krijgen.

'Een half wittebrood, Ottootje, wil jij dat nog halen voor ons?'

Omdat ik mijzelf wijsmaakte dat ik er met toegeven het snelst van af zou zijn, richtte ik de schreden naar de bakker, dus terug op mijn route, weer de Denneweg in, kocht een half wit en meldde me bij het huis aan het water, waarvan intussen de deur was gesloten. De eend was er niet meer.

De klopper, de Bourbonse lelie hoefde ik niet te gebruiken, Isabel stond vlak achter de deur. Zij was er dus zeker van geweest dat ik terugkwam.

'Is het gesneden?' kefte ze. Zonder op antwoord te wachten hield ze me tien grillig gevormde knoken voor. 'Begrijp je niet dat ik met deze vingers...'

'Ik snijd het wel.'

Na deze woorden kon ik echt nooit meer terug.

'Nou, toe dan maar,' zei de overjarige hetaere ook nog, alsof zij mij een grote gunst verleende.

Binnen heerste de anarchie der dingen. Hall en gang waren volgestouwd met stoelen die boven op tafels stonden, dozen en kisten, trillende stapels boeken, schilderijen met en zonder lijst met hun gezicht naar de muur, kapotte spiegels, losse deuren van linnenkasten en daardoorheen en erop en eronder overal kattenmandjes en kattenbakken, afgedekt door oude lampenkappen, een wanorde waaraan geen doorkomen was, een ijskoude, door een schelle 200-watts peer bovendien haatdragend verlichte jungle.

Maar toen de tocht erdoorheen was volbracht wachtte aan het eind de salon. Een vierkante kamer met drie ramen, één aan de voorkant en twee opzij, daar zag men de Mauritskade en ook al een deel van de brug. Er hing hier een hevige geur van verrotting, maar vergelijkenderwijs heerste er overzicht. Aan de wand herkende ik de Breitner die op de slaapkamer van vader gehangen had. Het sombere zeegezicht. Welnu, die was tenminste gered van de schuldeisers. En ook de eend begroette mij! Kwakend vanaf een salontafel, waar hij rondscharrelde tussen eierschalen en peuken. In een mahoniehouten kast met loshangende deuren waarvan de glazen ruitjes waren gebroken, zaten zes, zeven of acht reusachtige katten doelloos te blazen. Aan een van mijn natgeregende en daarna weer door spinrag en stofnesten bevuilde broekspijpen haakte zich een harig gedrocht vast, dat mee omhoogkwam toen ik mijn knie optilde om het zacht af te schudden. Terwijl het stevig zijn pootjes om mijn been hield geklemd, beet het mij in de hand die ik ernaar uitstak. Het veroorzaakte geen letsel van belang, want het schepsel was tandeloos. Maar Isabel trok bliksemsnel uit een van haar rokken een onzegbaar smerige zakdoek te voorschijn waarmee ze mijn hand bette. Ik had het bij mijn entree al benauwd gekregen en nu kon ik geen woord meer uitbrengen. In de grillige knoken van Isabel zat een ongekende kracht, hoe ik ook wrikte en trok, ik kreeg mijn hand niet meer los uit de hare.

Ondertussen mummelde zij, terwijl zij fanatiek voortging de denkbeeldige wond te reinigen met de smerige doek: 'Mooie boel is dat. Jij laat je hier maar verzorgen, als had ik niks anders aan 't hoofd. Wie heeft hier eigenlijk verzorging nodig? Het is altijd weer wat met jelui jongelui tegenwoordig.'

Ik was toen tweeënveertig en voelde geen enkele behoefte mijzelf tot de tegenwoordige jongelui te rekenen. Ik gaf haar dus beleefd te kennen dat ik mijn hand terugwenste en bovenal mijn horloge dat ze, bijna zonder dat ik het merkte, had losgegespt en bliksemsnel in haar windselen had weggestoken.

Ze produceerde het terstond, met de behendigheid van een goochelaar.

'Zo, dus jij wil me niet vertellen hoe laat het is?'

'Ik vraag excuus.'

Uit de vuilwitte wanden van de salon groeiden kleine zwammen met bleekgroene rand. Dezelfde tint als de grote, met fluweel beklede fauteuils.

'Daar zat hij dus. En ertegenover zat ik. Hij achter zijn krant, de smeerlap.'

'Het spijt me.'

'Wat spijt je nou? Ik keek wel eens naar je. Hoe bang jij

keek als die etter je weer van je bruggetje oppikte. En dan kreeg je meestal nog een lel ook, zomaar een lel.'

'Ik was verschoven.'

'Wat bedoel je, verschoven?'

'Het was trouwens geen lel, het was een correctie.'

'Een correctie!' riep Isabel. 'Ja, meneer wist het altijd wel mooi te brengen.' Ze deinde naar me toe, grijnsde: 'Ben jij al net zo schijnheilig als hij? Moest ik dat maar niet eens corrigeren?'

Ze gaf me een zachte draai om de oren, het kwam niet gevoeliger aan dan zo'n rukwindje dat soms bij het omslaan van een hoek onverwacht tegen je op bolt, zodat je alleen even je hoed stevig moet vastgrijpen. Meer was het niet. Maar om redenen die ik niet verder wil navorsen bracht de kleine klap van Isabel mij de tranen te voorschijn.

'Hij had altijd zijn ring aan,' zei ik.

Ik pakte haar bruingespikkelde, als boomstronkjes zo vreemd gevormde handen en probeerde uit die wirwar haar vinger los te vlechten.

'Draagt u geen ringen meer, Isabel?'

'Aan deze knekels?' schreeuwde ze.

'Ik bied u opnieuw mijn excuses aan,' mompelde ik, 'ik vraag nederig om vergiffenis.'

'Dat is je geraden. Maar denk nou niet dat ik niks meer kan.'

'Ik hoop het, ik hoop het.'

Als in trance wandelde ik naar een hoek van de kamer, de hoek die tussen de drie ramen in lag.

'Ik zal voor straf in de hoek gaan staan. Moet ik tot honderd tellen? Tot duizend? Of maar tot tien? Mag ik tot tien?'

Hoewel de spanning in mij bijna niet was te harden, registreerde ik toch dat de oude kol nieuwsgierig was meegedribbeld, tot in de hoek waar ik stond. Haar oogjes tintelden, ze hield haar hoofd naar mij opgeheven, ze reikte niet verder dan tot aan mijn kin, verbaasd keek ik neer op haar kalende kruin, waarop zich een netwerk van bloedige krabbels bevond. Sliep ze misschien met een kat op haar hoofd? Ineens begon ze te groeien, ze rekte zich langzaam op uit haar heksenkromme, ze werd weer vertrouwd, lang en dun als een dressuurzweep. Het was denkbaar dat ik rondom mij het gefluister van de chambrière al hoorde.

'Doet u alstublieft uw ringen aan, Isabel,' herinner ik mij dat ik gezegd heb. Gesmeekt ten slotte. Maar ze bleef rustig minutenlang rond mijn hoofd heen sissen, zonder dat zij ook maar enigszins doel trof. Gek werd ik van dat loze gesuizel, het kwam te hoog, werd te ijl, het leek op het gefluit van een straatjongen. Juist toen ik hoopte en vreesde dat ik de kracht had verzameld om mij uit deze bespottelijke betovering te verwijderen met behoud van een klein beetje waardigheid, hoorde ik haar spreken.

'Vijf gulden!' verstond ik, maar ik geloofde het niet.

Vooruit dan maar, halverwege een zevende hemel, nu weer traag naar de grond terug, ze jouwde me uit: 'Voor niks gaat de zon op, braaf ventje. Vijf gulden voor jou, maar dan wel handje contantje.'

Ik zag hoe die vale en gerafelde mond het er triomfantelijk uit bauwde. Vijf gulden. Vooroorlogs tarief? Of moest het misschien een echt gouden vijfje zijn? Maar ook die waren lang geleden verdwenen.

'Met ringen aan en tanden in,' kraste het wijf.

Ik heb me beschaamd van haar afgekeerd en, met mijn

rug naar haar toe, in mijn portefeuille gezocht. Ik leef zuinig, dat kan niet anders. Maar die avond kon ik nog kiezen uit een assortiment papiergeld en ik heb zelfs geweifeld, met een honderdje in de hand. En daarna nog met een vijfentwintigje.

Heeft het zin om mij beter voor te doen dan ik ben?

Ik was ronduit opgelucht toen ik in een zijvak losse guldens aantrof en ik ben niet te beroerd geweest om haar vijf ervan te overhandigen met een bescheiden buiging, vergezeld van nauwelijks merkbaar dédain.

'Daar zul je geen spijt van hebben,' lispelde ze.

Exquis. Het woord wordt meestal in verband met voedsel gebruikt maar daar is het eigenlijk te verheven voor. Iets wat de spijsvertering op gang brengt, zou men liever niet exquis moeten noemen. Maar iets wat de geest, die door de absolute onverschilligheid van het leven is platgewalst, opwekt tot herrijzen, boven kwellingen en verrukkingen uit, ver voorbij het punt dat men kortzichtig extase noemt, dat noem ik exquis.

Ik hunker ernaar. De scherpte van een onverdraaglijk schijnende pijn die toch moet worden geduld, ook al stokt het hart te lang in de keel, schrijnt het zout van tranen in wonden, wordt iedere vezel door vuur verschroeid. Laat Isabel mij ontmannen, mij ontdoen van mijn overtolligheid. Zij was nog altijd heel sterk, die vroegere pasdame, en het interesseerde me niet dat ze haar wreedheid acteerde en dat ze mij met een onverholen treurigheid, waardoorheen nu en dan tot mijn opwinding minachting zweemde, onder handen nam. Zij diende slechts als hulpstuk om mijn geest alomtegenwoordig te laten bewegen, terwijl ik mijzelf niet verroerde. Doodsnood puur, is dat niet exquis? Ik mocht het talloze malen beleven, zonder feitelijk te hoeven sterven en zonder maar een millimeter verschoven te zijn. En dit alles voor slechts vijf gulden per keer!

Een onverdraaglijke pijn die toch moet worden geduld, men kan zo iets in een serene stemming genade noemen. Men kan het ook simpelweg aanduiden als de essentie van leven. Ik noemde het eens romantisch de schoonheid van de verschrikking. Nu noem ik het lust.

Maar wat doet het ertoe? Het komt toch eigenlijk allemaal neer op dezelfde illusie, op overgave aan een god zonder gezicht.

Maar niets is volmaakt. En van alle menselijke belevingen schijnt die van het genot nog wel het snelst ranzig te worden.

Als Isabel haar gouden egeltjesring en haar gebit en haar rottinkje, dat naar mijn smaak iets te damesachtig was, als zij deze relikwieën weer had opgeborgen, dan trachtte ik beleefd maar wel zo snel mogelijk ertussenuit te knijpen.

Dan moest er echter op haar dringend verzoek, zij klampte zich aan mij vast op dezelfde manier als haar onsmakelijke hondje, hoognodig een onderonsje volgen. Het kostte mij minstens een uur, door haar gevuld met vulgair oudewijvengeleuter.

Zij reutelde onverdroten voort, de hoer, de ene onkiese herinnering na de andere rolde eruit, gestaafd door vergeelde foto's, waarvan zij trommels vol vlak bij de hand op tafel had staan. Machteloos van gêne zat ik in de fluwelen crapaud tegenover haar en moest tegen wil en dank ontdekken hoe het bloederig netwerk op haar hoofd was ontstaan. Al raaskallend over gedane zaken groef zij zich met haar als schelpen zo kalkachtige nagels haar schedel in, alsof er in die prut onder dat bleke dak met geweld nog wel iets te vinden zou zijn.

'Waar jij nou zit, daar zat hij. Heb je dan nooit gezien dat hij altijd een krant bij zich had? Ik vertoonde mijn kunsten, aha, in deze stoel en soms zag ik ineens door zo'n klein gat dat er zorgvuldig in was geknipt door meneer koekepeer, die hele grote, gore rotkop van hem. Ik had de kwibus graag uitgelachen, maar ja, jongenlief, dat is niet gepast in mijn vak.'

Mijn vader met zijn ondoorgrondelijk gezicht, zijn opgedraaide staalgrijze knevel en zijn blauwzwarte haar dat, met de scheiding in het midden, als de schilden van een doodbidderstor op zijn hoofd lag, een gluurder? Het mocht wat. Ze liegt. Laat haar maar liegen. Ze striemt mij. Ze is nog altijd heel sterk.

Tijdens haar weerzinwekkende praatjes wilde ze mij vaak aanraken, over mijn wang strelen, haar arm om mij heen leggen zodat ik haar naar kattenpis stinkende oksels rook. Ik was vaak gedwongen haar terug te duwen, zodat ze terugplonsde in haar eigen fauteuil.

'Kijk kleintje, hier heb je je bloedeigen moeder. Nadat ze op het toneel weer eens met succes een brief heeft opgebracht. Dat begin, tevens eind van haar carrière zijn we toen met champagne en oesters gaan vieren.'

Op de lange motorkap van zo'n automobiel uit de beginjaren van deze eeuw, als ik het goed kan onderscheiden staat er een bazuinspelende, breedgevleugelde engel als embleem voorop, ligt voorzichtig uitgestald onder haar vreemd geboetseerde kapsel een triest en verontschuldigend glimlachend meisje, een eenzaam boeketje op een kist. Ze heeft iets exotisch, ze lijkt op de filmster Edwige

Feuillère! Die zijn we gezamenlijk nog eens gaan zien, mama en ik naar de bioscoop, wat niemand mocht weten.

'Ze kon nog altijd heel goed flauwvallen,' is mij ontsnapt.

'Maar nooit in het goede bed,' antwoordde mijn kwelgeest rochelend lachend.

Rond de auto en het meisje, dat nog niet is gewikkeld in de vele lagen vet waarin mama zich later heeft teruggetrokken, staat een beschaafd, pret makend gezelschapje. Jongelui, niet eens zoveel verschillend van die van nu, al zijn zij anders gekleed. Ik hoef niet te gissen wie de enige andere vrouw is: die als dame vermomde straatmeid met haar onberispelijk ovale gelaat, als een parel zo geheimzinnig glanzend, maar tegelijk aartsbrutaal. Zij domineert alle vrolijke, tamme bokken.

Het is aan haar houding, haar grijns te zien: zij was toen al een liederlijk wijf. Er zijn eigenlijk geen verontschuldigingen voor vader. Laat staan dat ze er zijn voor mij.

'Had ik hem maar een mes in z'n strot kunnen steken zonder strafrechtelijke gevolgen,' riep Isabel meermalen uit. 'Wat een zegen dat ik hem er ten slotte gewoon uit kon donderen!'

'En waarom pas na al die jaren?' Ik vroeg het tegen mijn zin, ik vroeg het trouwens pas toen mijn bezoeken daar bijna ten einde liepen. Of had ik er nooit een einde aan gemaakt als ik de foto van die Indische paddestoel niet had hoeven zien?

Het is nu twee jaren geleden. Ze hebben alweer twee eeuwen geduurd. Maar de acht jaren waarin ik het huis bij de brug bezocht zijn aftelbaar als de vierkwartsmaten van een te kort, tergend deuntje en het wil maar niet uit mijn kop.

'Waarom pas na al die jaren?'

'Om het geld en vanwege de trouw,' zei Isabel. 'Dat had hij namelijk wel, die zogenaamde pappie van jou, een soort trouw.'

'Trouw?' Dit was de enige keer dat ik me in dit huis, in mijn leven, verheugde op een aangename, alledaagse manier.

'Dit huis is van jou!' galmde de vrouw, alsof ik daar diep van onder de indruk moest komen. 'Met mij er nog in, dat is waar, maar ik houd er op een dag wel mee op en dan moet jij ook de katten maar nemen en Loeki natuurlijk, als die nog leeft.'

Misschien was het onverstandig van mij om me na de onthulling over dit kwalijke huis zo lichtgeraakt te gedragen. Ik moest nu per se aan de kletskous ontsnappen. Ik weigerde voor het eerst om haar boodschappen te doen. Zoetsappig flemend wilde ze mij weer naar het café op de hoek sturen voor haar drie maatjes kruidenbitter, terwijl het daar in huis nog vol stond met goede wijn. Zeer tegen mijn gewoonte in liet ik me ontvallen dat ze maar iemand van haar eigen soort om kruidenbitter, godbeterehet, moest sturen.

De gevolgen waren onthutsend.

'Eigen soort, eigen soort,' mompelde ze treurig, in plaats van normaal kwaad of beledigd te zijn, 'droppie toch, droppie toch, hoe kom je nou opénen aan zulke kapsones? Zo ben jij toch niet? Ottootje, knuffeltje, ik zal je eens laten zien hoe zoet jij wel bent,' wauwelde ze, half snotterend en in haar verschoten smaragdogen welden tranen, die vervolgens weer bleven hangen in groeven en rimpels vol korstjes en stof. Op de maat van haar heen en weer schuddend hoofd balkten onverstaanbare klanken haar keel uit en met trillende knekel wees ze een poosje naar mij.

Wat was er aangericht? Ik kon geen vin meer verroeren.

Ze snuffelde in haar trommels vol foto's. Met de ene hand tot bloedens toe wroetend de schedelpan in, met de andere hand bijna koesterend in haar dierbaar verleden. Ten slotte tilde ze een groepsfoto op, die ze me, verlegen leek het wel, aanbood. 'Droppie, dan kun je eindelijk wakker worden.' Ze kwijlde erbij. 'Daar zit je eigen vader en hier hoor je eigenlijk bij. Zal ik je alles vertellen?'

Natuurlijk, wie naar de hoeren gaat kan verwachten dat hij leugens op de mouw krijgt gespeld.

'Vindt u dit niet een beetje ongepast, Isabel?'

Maar ik liet me uiteraard niet nog verder kennen.

Deels hooghartig, deels met voorgewende belangstelling, alsof het me volstrekt koud liet en dat liet het me ook, zo koud, daarin kon geen enkel gevoel meer gedijen, staarde ik naar het slome, paddestoelvormige, Indische heertje met zijn knoopjesdropogen.

Naast hem bevond zich een beducht naar het vogeltje ogende Adinda in een of ander Indonesisch feestgewaad, met wrong, kabaja en sarong en al. Aan de voet van dit uitheemse tweetal krioelde hun nest. In allerlei houdingen over de grond uitgespreid, in met kleine verschillen aflopend formaat. Ronde speelgoedbeestjesgezichten, donkerder, maar niet ongelijk aan het mijne, zwarte floersen van krullende wimpers rond knoopjesdropogen.

'Verrassend, hoor,' zei ik ook nog. Of niet? Ik weet het niet meer.

'Ach schattie toch,' zei het wijf, 'had ik het nou maar

eerder gezegd, maar ik was eerst bang dat je me dan misschien had willen vermoorden.'

Wie weet.

In plaats daarvan heb ik, toen en ter plekke, weloverwogen haar ongure verleden geslacht.

Duizenden snippers. Die foto's. De brieven. Wat eruitzag als waardepapieren. Wat niet al. Droogbloemen, knipsels, weer foto's en lintjes.

Uren kostte het mij: het bedachtzaam vernietigen en dan daarbij nog het in toom houden van de furie. Ik schopte haar keer op keer terug in haar stoel, maar het duurde lang voor ze was uitgewoed en erin bleef zitten. Ze krijste stad en land bijeen, Nellie Meier, tot in de Hemsterhuysstraat had men het kunnen horen, ware men erin geïnteresseerd geweest.

De snippers gooide ik het venster uit, het water op, ze bleven dralen, ze durfden niet eens de brug onderdoor.

Achteraf bedacht ik nog, dat ik met het oog op de katten het raam beter weer had kunnen sluiten. Maar ik heb het opengelaten, dus misschien zijn de katten ontsnapt.

Tweemaal daags aan het verleden voorbij, met afgewend hoofd. Gemakkelijker kan het al niet.

Vanochtend is er een kink in de kabel gekomen.

Tot tien over acht ging het goed. Een minuut later zou ik, zoals nu al bijna vijfentwintig jaar lang iedere dag, langs het huis aan het Nassauplein komen dat een witmarmeren naambord met in gouden letters 'Nuova Hierosolyma' draagt.

Vandaag walst mij op de brede stoep een lanterfanter tegemoet, hij is ongetwijfeld aan de rol van het ene vroege koffiehuis naar het andere, hij houdt mij met onbeschaamd joviale lach, alsof wij elkaar zouden kennen, staande om niets beters op te merken dan: 'Is het al het oktembertje of is het nog steeds septobertje? Zulk lekker weertje meneertje, vlieg eruit met een spuit.'

Hij wilde mij aanraken. Ik sprong echter opzij en de grapjas laveerde grinnikend voort alsof hij geen inbreuk gepleegd had.

Ik bereid mij terdege voor op de winter, omdat men zich in de periode van onttakeling en dreigende onthulling zo goed mogelijk moet verschansen. Doof door oorwarmers, stom en half blind door een bivakmuts, de handen zonder tastzin, in wanten.

Maar het gekakel van de onbekende passant wees mij erop, dat ik er als een waanzinnige bij loop. Want het is vandaag een koortsige dag. Mijn voorzorgen gingen zwaar wegen, muts, sjaal en wanten. Het zweet brak mij overal uit en ik kon mij niet handhaven op het werk.

Over de heren Elshout en Craaienhage hoef ik niets te zeggen, zij werpen het hele jaar door hun achteloze blikken over mij heen en voeren hun vrijwel geluidloze, academisch cryptische conversaties toch altijd al liplezend boven mijn hoofd. De opdringerige bezorgdheid van Hadewych Molenaar, dat was de druppel die de emmer deed overlopen.

Zij bestond het haar hand tegen mijn voorhoofd te leggen. 'Er is een griepje in aantocht, ik voel het. Blijf toch lekker een dagje in bed, meneer Otto,' sprak zij in alle ernst, zonder blikken of blozen.

Het zweten kon ik niet baas, dat is waar, al had ik er zelf weinig last van toen ik eenmaal achter mijn bureau was gezeten, doch na deze ingreep van Molenaar joeg de benauwdheid me ten slotte toch, op een voortijdig uur, van kantoor.

En nu moet ik, tot zeven uur, drie loze uren zoekbrengen.

In mijn verwarring vanochtend ben ik bovendien vergeten tussen de middag boodschappen te doen en het is woensdag: winkels gesloten. Ook dat nog, maar zo is het nu eenmaal: ontreddering één wordt immer gevolgd door ontreddering twee, ontreddering drie en ga zo maar voort.

Om vier uur 's middags sta ik op straat zonder boodschappen voor de maaltijd thuis en drie onafzienbare uren voor mij.

Ik ben op mijn vlucht, in een opwelling, onderdak in een bistro gegaan, Bistro Robjan staat op de deur geschreven, waar eens Schrijfbehoeften was. Verder ga ik niet, ik ben trouwens al ver gegaan. De brug is van hieruit te zien.

Het is stampvol. Maar er is voor mij nog een plaats in de etalage.

Daar staan dan nu tafels en stoeltjes, in wat eens de uitstalkast was. De serveerster klautert er stommelend op en struikelt eraf.

In deze eens zo welriekende nering zitten we nu samengepakt, zuur ruikend, grauw en al wit uitgeslagen mensenvlees, te kijk voor eenieder. Ik zit nota bene zowat met mijn neus tegen de spiegelruit aan en mijn knieholten bevinden zich op ooghoogte van de voorbijgangers. Goddank zijn die te snel voorbij of te narcistisch verdiept in zichzelf om ook maar een blik te verspillen aan een eenling, die oud is en slecht gekleed, dus hoef ik voor deze ongeïnteresseerde buitenwereld de schijn ook niet op te houden en heb ik geen eten besteld, maar bier.

Het stoeltje dat ik eerst nogal hinderlijk vond, omdat het, hoewel hout suggererend, zich met stiekem week plastic aan het achterlijf vastzoog, begint mij na een flesje of wat al zeer comfortabel te lijken en het gewieg van dampende lichamen om mij heen, het ononderbroken gekeuvel van anonieme stemmen, het heeft een rustgevend en als ik niet oppas zelfs een slaapverwekkend effect.

Misschien kan ik van hier al wel rechtstreeks naar huis. De kroeg voor een avond overslaan.

Nu wordt de deur, met de oude winkelschel nog, zo keihard opengestoten, dat het vredig geroezemoes even tot stilstand komt en daar posteert zich, zulke gebeurtenissen als deze vrees ik bij voorbaat al, een aller aandacht trekkende Narcissus-met-krullenbol in het voorportaal waar hij uiteraard, ofschoon hij van vele kanten wordt aangeroepen, niet van de manshoge spiegel is weg te slaan. Hij draait en frunnikt, aan het tafeltje naast mij wordt ongeduldig naar hem gekraaid. Ik neem waar hoe hij voor de spiegel met een hoogst elegant gebaar een afgewaaid, dieprood wingerdblad uit zijn haren plukt. Maar even voordat hij het van zich werpt houdt hij het, als getroffen door een ingeving van hogerhand, nog een paar tellen vast boven het hoofd. Dan, met intense zorgzaamheid, vlijt hij het terug tussen zijn lokken. Wat denkt hij hierbij, deze halfgod op gymschoenen?

Met een kwieke sprong komt hij terecht in onze uitstalkast en ik zie hem, in de sprong, jaren en jaren ouder worden. Ik voel hoe ik, met mijn stoeltje en al, eerst tien centimeter word opgetild en daarna dertig centimeter opzij geschoven, opdat het heerschap bij zijn metgezel kan.

Klinkende klapzoenen naast mij, een, twee, drie en dan begint het rond mijn hoofd te suizen, die stemmen brengen eerder een melodieus hijgen voort dan rijtjes verstaanbare klanken, ik moet mijn oren spitsen om nog woorden uit de windvlagen op te vangen.

'Zo laat vanwege Isabel.'

'Isabel?'

'Wie anders?' wordt er langdurig gezucht, 'wie anders? Wekenlang dat gezeik aan mijn kop en waar moet ik ten slotte wezen? De Hema.'

Gelach als een waterval, die zich over mij uitstort. Maar nee, bluffers, het is een verzinsel. Ik doe toch de boodschappen voor Isabel, desnoods in de Hema. Nee, het is waarheidsgetrouw zo: ik dééd de boodschappen voor Isabel, want volgens mij is ze dood. Natuurlijk kon ik niet terug om het met eigen ogen te constateren. Nog afgezien van de vraag of ik het weten wil.

Het wonderlijk tweetal naast mij trekt zich van niets iets aan, het heeft kransen schuim van bier en opwinding rond de mond en het kakelt, het kakelt maar voort. Het zit ondertussen, boven de tafel, nog hand in hand ook.

'Het is dus niet Johnnie Ray, maar Frankie Laine, Flip.'

'Nou, voor mijn part dan, laat horen, Marie.'

Dan begint die ene te zingen. Luider dan de muziek, die hier natuurlijk te hard staat. Hij zingt triomfantelijk met een boosaardig aanstekelijke galm. Ook ik kan mijn lachen nu niet meer houden. Openlijk bekijk ik de zanger, natuurlijk hij met het wingerdblad, en ik zie hoe elk woord van zijn lippen springt, als een kikker!

'If ever the devil was born
without a pair of horns
it was you Jezebel it was you

If ever an angel fell
Jezebel it was you
Jezebel it was you
If ever a pair of eyes
promised Paradise
deceiving me
grieving me
leaving me blue
Jezebel it was you
If ever the devil's plan
was made to torment man
it was you Jezebel it was you
Jezebel Jezebel Jezebel'

Van mij mogen ze haar Jezebel noemen, het is wel zo toepasselijk. De ogen van de heren schitteren, ze trappen de maat met hun gymschoenen, roffelen met hun handen op tafel een geraffineerd contraritme, ze herhalen hun voordracht, nu als duo. Mijn dom gegrinnik, dat uit ontzetting voortkomt, houden ze voor bewonderende instemming.

'Triootje paatje?' roepen ze me uitbundig toe. 'In bes alstublieft.'

Veertig jaar oud, nee, eerder vijftig zijn ze, in tijd staan ze niet eens zo ver van mij vandaan, maar natuurlijk mogen zij mij ongestraft paatje noemen, zij zijn werelden van mij verwijderd, zij met hun indigoblauwe jongensjekkertjes om de schouders, de lange, grijze veters die om hun blote halzen zijn gestrikt, hun in een waaier van pastelkleuren openvallende, zijden overhemden, hun krulharen, hun muzikaliteit, hun vrolijkheid en nu ook nog, tot slot, hun weemakende verbondenheid. Als ze hun lied voor de derde maal aanheffen en merken dat ik niet meedoe, sluiten ze me radicaal uit en leggen, om het te onderstrepen, hun voorhoofden tegen elkaar aan om nog dieper in elkaars ogen te kijken.

Ik had hier nooit moeten komen en nu moet ik gaan. Mijzelf in veiligheid brengen, of, zal ik het toch erop wagen?

'Meneertje, er zit enig meubilair aan uw broek,' wordt mij plagerig nageroepen. Ik ontdoe mij, onder applaus van het publiek, in het portaal van het lauwe stoeltje en dat is dan dat; na mij zo te hebben geblameerd, kan niets wat nog volgt mij meer deren.

Terug naar de brug, en nog verder terug, tot helemaal bij het water. Wat ik zojuist opving en meemaakte was zeker een zinsbegoocheling.

Maar wat is dat niet?

Het is nog het seizoen van massale zinsbegoocheling ook zie ik als ik voetje voor voetje door de straat ga, die al te vertrouwd is, zodat ik nooit meer wil schrikken van veranderde etalages. Maar vanavond zoek ik of ik nog meer ongeluksvogels vind die in uitstalkasten bijeen zijn gedreven.

Zo merk ik dat de rommelige symboliek, die volgens sommigen licht en volgens mij een niet-eindigende doodsstuip verbeeldt, door de neringdoenden met schaamteloze hand weer is aangebracht. In deze buurt wordt niet meer met het bruut geweld van rood, groen en ballen gewerkt, maar men vertoont wel veel langdradig wit en wegkwijnend zilver, alsof dat verfijnder zou zijn. Of dat van gevoel of begrip zou getuigen. Wij zullen er weer aan moeten geloven. Maar ik constateer, met aangename verbazing, het uitblijven van mijn ergernis van vorige jaren. Kerstmis, het heeft na mijn jeugd slechts sluitingstijden en holle dagen betekend, met eraan voorafgaand op onregelmatige uren en op onwelvoeglijke wijze boodschappen doen. Maar wie zo nabij de eigen sluitingstijd is gekomen, bedenk ik luchthartig, onttrekt zich aan alle dwingelandij.

Ik arriveer.

Ook een wereldvreemd mens als ik heeft ondertussen begrepen, al was het maar omdat ik er openlijk en met veel kabaal over benaderd ben, dat voor dit stukje grond en die bouwval een behoorlijke som gelds is te krijgen, waarmee ik van de rest van mijn schuld zou zijn verlost.

Het harig gedrocht Loeki is bij mij in een hoekje gestorven. Het kwam achter mij aan. Het is bij de forsythia in de tuin begraven, op een nacht dat mijn hospita uithuizig was.

Voor de katten heb ik geboet door de Vereniging Kattenzorg dit bezit na te laten.

Een enkele keer hoop ik en vrees ik dat Isabel uit haar fauteuil omhoog is gekomen en soms verbeeld ik mij dat de deur op een kier is gezet en dat die eend... er is niets anders over dan een bleke ruïne en de deur is gebarricadeerd als voor een horde vandalen.

Het gat dat de Bourbonse lelie heeft achtergelaten blijft nu, gelukkig, voor vreemde ogen verborgen.

Van het lusthofje heeft men eigenmachtig een parkeerplaats gemaakt en wie soms zo dichtbij wil komen als ik, moet zich door een chaos van fietsen, motoren en auto's heen wringen.

Het is stil en ik kan zowaar rustig naar de leuning bij de zijkant van het water gaan en het schijnt mij vriendelijk toe, even dik en fluwelig als stroop. Ik zou nu wel kunnen. Jammer, zonder botergeel jasje, maar wel met verlies van gevoel voor discretie!

Die ondeugende opwelling veroorzaakt blijkbaar vanzelf een bestraffende klap in mijn lendenen en daar val ik op de kiezeltjesgrond en in mijn hoofd haperen de beelden. Misschien ben ik weer eens aangereden, het is al eens eerder gebeurd. Er staat een fraai, als een sierdoosje beschilderd autootje gedeeltelijk boven op mij en nu komen er mensen uit.

Eerst wens ik ogen en oren te sluiten, men beleeft immers op mijn leeftijd niets nieuws, hoogstens is soms de vermomming een tikje gewijzigd, en ik ervaar het geluk van de oeverloze verveling: de dood stuurt een vriend vooruit.

Maar die mensen zijn mopperend te dichtbij gekomen en ze raken mij aan.

Het moet haast wel Hadewych Molenaar zijn, frivool gekleed voor haar doen. Mijn blik gaat langs witte laarzen, hoger en hoger, ze reiken tot in haar liezen, dan volgt even niets of het zou iets van zwarte kant moeten zijn en dan, als een ballonfok gehesen, een zilveren trui, ach, sterrenhemel bij vollemaan. Ik houd van de kledij van de mensen, misschien omdat ik nooit dieper tot ze in kon gaan. Dat dit Hadewych niet is, weet ik ook wel, maar alle jonge vrouwen zijn immers gelijk aan elkaar.

Een jongeman daalt bij mij neer op zijn hurken. Ernstig, gekweld bijna, doorschijnend van zorgen, haar en baarddracht als Jezus Christus, ook dat nog.

'Meneer, meneer, heeft u zich pijn gedaan?'

Ik wil maar zeggen! De verschrikkingen, de verrukking, de schoonheid, ze zijn eindelijk binnenin, eindelijk veilig ingelijfd.

'Waarom deed-ie dat nou? Istie dronken?' Nee, zij is geen Hadewych Molenaar. 'Vraag effe oftie ken gaan zitten.'

Ik denk dat ik wel voorzichtig overeind kan komen. Een hoffelijke glimlach dan maar. 'Och,' houd ik ze voor, 'het valt allemaal mee.'

'Wat moest je hier nou in het hartstikke donker?' roept de zilveren engel, 'je leek wel een paal.'

'Meneer, dat is enigszins waar, u was echt niet te zien, u leek wel een schaduw.' De jongen.

Ik hoor mijzelf antwoorden. 'Hier woont een oude...' ik weifel tussen vriendin en geliefde, 'vriendin. Van mijn vader en mij,' hoor ik mijzelf kalm verklaren.

'In die zooi hier woont helemaal niemand.' Haar verontwaardigde stem.

Zo duidelijk als mogelijk is beaam ik: 'Nee, helaas, niemand. Er is niets meer van over dan alleen mijn verhaal.'

Waarschijnlijk gutsen mij deerniswekkende tranen uit de ogen, want de meedogenloze waagt nu de mouw van haar zilveren trui eraan, ze poetst mijn gezicht zelfs teder, ik gruw er maar niet meer van.

De laatste klant

Jij knekelzuiger, horlepijper, allesvreter, wou jij mij nu al te grazen nemen? Stuk schorriemorrie, ik zal je ontbieden als het mij schikt. Ik ben nog niet uitgepraat.

Ga jij ondertussen maar dames verrassen, die lispelend vertellen dat de dood hun laatste tedere minnaar zal zijn, die met de geruisloze sprong van een Rudolf Noerejev hun slaapkamer binnenkomt.

Maar ik weet wel beter. De dood is geen flamboyante aanbidder die oude wijven het hof maakt, hij is als hun oersaaie echtgenoot, gemakkelijk over het hoofd te zien, maar op de achtergrond altijd aanwezig.

In al zijn vermommingen herken ik hem. Op de maandagen komt hij langs als vuilnisman, dinsdag als deurwaarder, woensdag als schoorsteenveger, gisteren nog als een afgezant van Monumentenzorg.

Soms zat hij als een hengelaar op de wallekant, hij vreet ratten. Hij was de rioolrat die in mijn salon naar kadavers zocht. Als ik 's nachts voorzichtig naar huis schuifelde, sloop hij van portiek tot portiek met mij mee. Hij wachtte pal om de hoek in zijn auto.

Ik houd hem wel zoet.

Naar mij kan hij fluiten, voorlopig.

In deze ziekentoren, die stinkt naar lysol, wordt de opperslachter bediend als een vorst. Hij heeft hier een eigen lift, die razendsnel afdaalt, vol verse prooi, naar een tochtige achteruitgang waar de lijkwagen zonder nummerbord dag en nacht klaarstaat met geopende klep. Zonder pardon worden tegenspartelende doden in die koker geschoven. Zusters met zijden gezichten, die zich hebben vermomd als schichtige reeën maar die beschikken over de kracht van een stier, waren rond als zijn handlangsters.

Het is ze gelukt om mij in dit bed vast te binden. Ze hebben mijn armen op mijn rug gedraaid en mijn benen aan elkaar vastgeklonken, ik kan geen vin meer verroeren. 'Niet van mij wegwandelen,' zegt de nachtzuster lachend. Haar wacht zit er bijna op. Ze zit naast mijn bed te lezen in een flutroman. 'Dat houdt mij wakker, maar het leven is anders.'

Is dat wel zo? Ik moet de nachtzuster wakker houden.

'Moedertjelief, hoe kom jij zo toegetakeld?'

Maman knipte poppetjes voor mij uit krantenpapier, rijen en rijen poppetjes die elkaar bij de hand vasthielden. We hingen ze op in de kamer, er kwamen er steeds meer bij. Toen was de kamer vol en moesten ze de gang op en daarna de keuken in en ten slotte zelfs naar de wc. De mensen die bij ons op bezoek kwamen, schrokken eerst even en begonnen daarna te grinniken. Het was een grappig gezicht, al die poppetjes. Maman zei dat pa ze elke dag telde om haar te controleren. 'Of ik wel de hele dag braaf thuis ben gebleven.'

Ik heb het hem nooit zien doen. Ze zei ook dat ik naar kostschool zou gaan in Genève om dame te worden. Wat moet een mens leren om dame te worden? Drie talen vloeiend spreken. Een waaier hanteren. Een geheim bewaren.

Maman vertelde met rode blosjes op haar wangen hoe zij iedere nacht droomde dat zij werd vermoord. Zij lag op de sofa en een man zonder gezicht kwam de kamer binnen, boog zich over haar heen en begon haar kalm, ernstig zelfs, af te ranselen. 'Het leven verlaat mij in kleine zuchten en snikken, drup-druppe-druppel-dood.'

Ondertussen knipte zij vaardig met het nagelschaartje ronde vormen uit het krantenpapier. In plaats van de hoekige poppetjes, die iedereen wel kon knippen, maakte zij er mollige poezen van en weelderige dames in hoepelrokken die rondwalsten onder bomen met bolle kruinen. Als wij onze zandloper hadden omgedraaid, 'goed gezet' noemden wij dat, konden wij weer opnieuw beginnen. Mamans humeur klaarde dan op. Ik durfde te vragen of de boze droom van de man zonder gezicht een geheim was.

'Natuurlijk.'

'Moeten wij het geheim bewaren?'

'Natuurlijk niet. Het is ons geheim toch niet. Het is zijn geheim. Laat hij het maar bewaren.'

'Ik vind het geen leuk geheim.'

'Geheimen zijn bijna nooit leuk,' fluisterde zij opgewonden, weer met blosjes op haar wangen, 'ze zijn vaak gevaarlijk. Ze zijn ook heel moeilijk te bewaren. Daarom is een goed bewaard geheim veel waard.'

Van de inspanning om dit te begrijpen knipte ik in mijn duim. Ik was een stuntel. Maman kon alles tegelijk. Ze plakte er een verbandgaasje met een pleister omheen en deed er een kusje bovenop, de afdruk daarvan was bleekroze. 'Ooo, lippenstift.'

'Als pa dit wist sloeg hij ons dood,' zei maman. Ik streek voorzichtig over de roze vlek, maar er was niets bijzonders aan te voelen.

'Ik zal het niemand vertellen,' zei ik en maakte een vuist, met mijn duim verborgen onder mijn vingers. Ze omhelsde me. 'Goed zo, goed zo. Het is maar een klein geheim, maar het is een geheim. Zullen we het samen bewaren?'

'Ja! Ja!'

Ze omhelsde me nog eens en probeerde me zelfs op te tillen, maar dat lukte haar maar een klein eindje. Ik was toen al even lang als zij, ik voelde mezelf een slungelige meid met vale vlechten en vooruitstaande tanden. Hoe kwam ik toch aan zo'n sprookjesprinses van een moeder, een wezentje met poppenhandjes en -voetjes en een vracht satijnen krullen. Niemand had zo'n moeder. Soms sprak zij Frans.

Gewone moeders hadden krulspelden in en schorten voor en ze liepen op grote schoenen of pantoffels met volle boodschappentassen te sjouwen.

Als mijn moeder Hollands sprak dan klonk het als een poes die tegelijk spint en miauwt. 'Wij gaan winkelen,' kirde zij, 'wij maken ons mooi en dan.'

'Wij nemen nooit boodschappen mee naar huis,' zei ik.

Ze liefkoosde mij en antwoordde: 'Sufferdje, boodschappen worden bezorgd.' Maar was dit wel waar of was het soms ook een geheim? Pa klaagde vaak dat er nooit vreten in huis was of het was koud of bedorven, dan haalde hij zijn schouders op, ging weg en kwam terug met boodschappen.

'Wij gaan ons lippenstiftgeheim bezegelen,' zei mijn moeder, 'ik ga mij mooi maken dan gaan wij winkelen.'

'Wat gaan wij kopen?'

'Wat denk je? Een lippenstift natuurlijk.'

‘Oooo.’ Nog een geheim erbij dus.

‘Wat denk je? Een lippenstift voor wie? Voor jou natuurlijk.’

Een ondraaglijk geheim ook nog.

Toen de juffrouw van de parfumerie de kleurenwaaier ontvouwde wees ik in het wilde weg maar een kleur aan. ‘Magenta!’ spelden wij alle drie hardop.

‘Misschien voor zo’n jonge dame een ietsje te,’ murmelde de juffrouw.

Maman zette haar veren op en duwde mij naar voren. ‘Zij heeft het palet van een izabel, ziet u dat niet, haar huid heeft de kleur van café-au-lait, haar haren de tint van duinzand. Zij zal kunstenaars inspireren. Meesters van Franse huize natuurlijk. Maar dit kale koude kikkerland, wat denkt u wel! Magenta zal haar schitterend staan.’

Van verlegenheid wisten de juffrouw en ik geen van beiden waar we kijken moesten. Maar eenmaal buiten zweefde ik door de Hoogstraat. Ik had de kleuren van een izabel en paarsgestifte lippen. Op school noemden ze mij de loopeend vanwege mijn grote voeten.

‘Zulke voeten heb ik ook nog nooit gezien,’ schatert de nachtzuster.

Zij draagt haar naam om haar hals in gouden lettertjes, vijftien aan een dunne gouden ketting geregen: VIVIAN ELPENBEEN. Ze heeft zich voorover gebogen om te kijken of ik nog leef.

‘Ik kan het laken niet eens instoppen vanwege die gigantische voeten.’

‘Ik sta en ga op mijn voeten waar en waarheen ik wil.’

‘Nou, toe maar,’ moedigt Elpenbeen mij aan. ‘Ga dan mens,’ blaft ze ineens in mijn oor. Dan verrijst ze, jong en lenig, ze meet bijna twee meter, ik kan haar gezicht niet meer zien. Er klinkt driftig geritsel vanboven, ze wappert me koelte toe met haar flodderboekje.

'Vertel dan maar verder. Ik zal je wel aan de gang houden, hoor. Vertel nou maar, anders ben je misschien ineens vertrokken.'

Elpenbeen daalt neer en installeert zich wijdbeens op haar stoeltje, ze trekt haar rok hoog op en legt haar blote voeten op dit bed. Ze verstopt zich schalks achter haar boekje, dat ze heeft opengevouwen zodat ik de titel zou kunnen lezen als mijn ogen daar nog toe in staat waren.

'Zitten er wel gaatjes geprikt in de bladzijden, zuster?'

'Waarom? Ik hoef je niet te zien, ik hoor je wel.'

Hoe flikte pa het om zo stilletjes als een kat ertussenuit te knijpen. Alsof hij een hazenslaapje ging doen. Misschien heeft hij een hazenslaapje gedaan en is hij meteen teruggekeerd, gereïncarneerd als stier bijvoorbeeld, het dier waar hij nog het meest op leek. Dan is hij er in zijn volgende leven ook weer niet goed van afgekomen.

'Als er nu maar elke dag honderd poppetjes zijn, dan weet hij dat ik zoet thuis heb gezeten, maar owee als er geen honderd poppetjes zijn, dan vermoordt hij mij nog. Ik knip twaalf poppetjes in een uur,' fluisterde maman in mijn oor, 'het zijn er ook wel eens minder, hoor, want ik rook tussendoor zo nu en dan een sigaretje, dus tien is ook wel voldoende. Maar hij telt natuurlijk ook de peukjes in de asbak na. Zou hij het merken als het steeds dezelfde zijn, wacht, ik smeer er wel weer een beetje nieuwe lippenstift op, iedere keer een andere tint, dan merkt hij het zeker niet.'

Ze kleedde zich om in de kast. Ze zette mij voor de halfopen kastdeur op wacht. Ze trok doorschijnende zijden kousen uit de naaimand te voorschijn. Hoedje op met voile en zwarte spikkeltjes. Deze prinses werd door een jaloerse reus gevangengehouden. Ik moest haar helpen. Wij verzonnen een list. Ik knipte haar poppetjes. Ik knipte er veel te veel. Rijen en rijen poppetjes die elkaar bij de hand vasthielden, allemaal dezelfde poppetjes, maar niet helemaal hetzelfde, want ze droegen allemaal een eigen verhaal, onbegrijpelijk geworden fragmenten uit grotere berichten. Het mooist vond ik dat ik de doden kon laten herrijzen. Ik wekte ze op uit hun rouwadvertenties, ik knipte ze met de grootst mogelijke zorg uit om hun namen niet te beschadigen, ik herinner me sommigen nog. Aleida Verleun liet ik hand in hand weghuppelen met Oene Siggi Talma, zij staan nog steeds voor mijn geestesoog, net als Margaretha Quakernaak van dertig jaar en haar dochter Gemma Solange van dertien. Maar het werden er veel te veel. Ik hing ze op in de kamer, daarna in de gang en toen in de keuken, even later op de wc.

Ten slotte moesten ze de straat maar op, in rijen langs de ramen en kronkelend langs de lantaarnpalen. De mensen die langs kwamen zeiden: is hier een vijfling geboren of is er hier iemand gek geworden?

Pa telde de poppetjes nooit.

Op een dag kwam hij vroeger thuis dan anders, hij keek mij raar aan en gaf mij zomaar een rijksdaalder. 'Weet je wat je daarmee kunt doen?'

'Winkelen!' riep ik opgetogen.

'Ga dat maar gauw doen,' zei hij goedig, 'want dat heb je vast wel goed geleerd,' en hij legde een hand op mijn hoofd, wat plechtig aanvoelde, want pa fleemde nooit. Toen ik laat in de middag terugkwam, beladen met lekkernijen, lag hij in de bedstee, boven op de dekens, met open mond en was dood.

'Hoe oud was je pa?' gaapt Elpenbeen achter haar boekje.

'Jong, zijn haar was vuurrood. Geen veertig dus nog. Met veertig jaar is rood haar opgebrand, dat weet u natuurlijk wel, zuster. Na veertig jaar is er van rood haar alleen nog maar as over.'

Mijn open oog gluurt vergenoegd naar Elpenbeen, die onwillekeurig naar haar roodkoperen kroon tast. 'Sintels en as,' blaas ik voor me uit.

'Maak je nou maar niet zo druk,' snauwt ze en voor straf zal ze nu vertonen wat zij wel heeft en ik niet of niet meer. Ze smijt het boekje op de grond en loopt met grote, verende passen in het kamertje op en neer. Ze grijpt de ondersteek, controleert niet eens of die leeg is, maar begint er meteen mee te tennissen. Ze slaat een denkbeeldige bal weg, zakt soepeltjes door haar knieën en wacht met ver naar voren gestrekte hals gespannen af. Tot ze opspringt en een hoge mep geeft. Ze stoot er een kreet bij uit. Ze is verschrikkelijk goed in tennissen. Ze kan ook zeilen, surfen, turnen, wildwatervaren, bergbeklimmen en boogschieten, ze kan rollerskaten en koorddansen, ze kan mij urenlang doorzagen over alle manieren waarop zij haar lijf als een paard aan zich onderwerpt. 'Het lichaam is immers niet anders dan een dier,' roept zij bezeten uit, 'als ik wil moet het door brandende hoepels vliegen.'

'Maar uw lijf kan niet vliegen.'

De prachtige nachtzuster beklimt haar bokkende en steigerende hengst en demonstreert een onzichtbaar stadion vol ademloze toeschouwers hoe zij het heftige, onwillige dier met enkel haar kuiten en pinken bedwingt. Als ik mijn handen vrij tot mijn beschikking had zou ik applaudisseren, maar nu het er voorstaat zoals het er voorstaat, tart ik haar liever.

'Tja, Pradyumna kon vliegen.'

'Wie is dat, Pradyumna?'

'Een goeroe van lang geleden.'

'Zo eentje! Dus zo zit het met jou. Jij hebt je door zo'n gast laten beetnemen, moedertjelief.'

Pradyumna, met een autobus vol volgelingen, vrouwen en kinderen, toerde een mensenleven geleden door Nederland. Overal waar hij kwam richtte hij een magische show aan, met goochelaars, danseressen, messenwerpers, acrobaten, vuurvreters en slangenbezweerders.

In Den Haag was het Gebouw van Onderwijs, Kunsten en Wetenschappen aan de Zwarteweg bijna te klein voor het publiek dat avond aan avond wachtte in rijen die reikten tot aan de Herengracht.

Otto en ik zaten elke avond in onze loge en om een uur of elf maakte de korporaal-kok zijn opwachting met ons souper, vierentwintig oesters op ijs en een fles chablis, voor Hedwigje waren er blanc-manger en zoete champagne.

Vertel mij eens, zuster Elpenbeen, wat heeft een mens aan het bewaren van zulke banaliteiten? Alles laat het brein achteloos glippen, maar het koestert het blanc-manger voor een verraderlijk wicht, dat vriendschap verruilde voor de schijn van een deugdzaam bestaan.

Tussen de bedrijven door holde Hedwigje naar ons toe om van de pudding te snoepen en van de champagne te nippen, ze leunde over de rand van het balkon om zich vooral weer door het publiek te laten bewonderen, ook al verscheen ze al de hele avond op het toneel om de show te presenteren.

Het publiek deed alsof het niet genoeg van haar zilveren stemmetje kon krijgen, maar waar het zich met rode kop aan vergastte waren haar witte borstjes, die zo uitpuilden boven haar pauwblauwe decolleté dat ieders oog er wel aan moest blijven hangen. In schijnheilig Den Haag gebeurde dat natuurlijk in een mengeling van opwinding en nobele verontwaardiging: hoe durfde zo'n hitsig burgerjuffertje zich als een halfnaakte snol op het toneel te exhibitioneren.

Men liet haar maar node gaan, telkens als zij zich bescheiden weer terugtrok in de coulissen ging er een zucht van teleurstelling door de zaal en dan verscheen Hedwigje weer, melkwit in haar pauwblauw fluweel, als een vollemaan aan een duistere hemel.

Ook Pradyumna, de Indiër, was in haar ban. Wat hielp het hem nog dat hij kon leviteren en dat hij anderen naar believen kon laten zweven. Lijvige, ongelovige zakenlieden uit het publiek joeg hij als ballonnen de lucht in, misprijzende dames met hun tasje nog stijf op schoot stuiterden op als pingpongballetjes, heus zuster Elpenbeen, geloof mij nu toch, ik had er zelfs foto's van.

Maar de Meester kon ten slotte zijn ogen niet meer afhouden van het blauwfluwelen molletje dat in de coulissen stond nagel te bijten om niet in giechelen te hoeven uitbarsten.

Als ze later bij ons in de loge kwam, glunderde ze nog na. 'Zagen jullie dat hij eerst geen centimeter van de grond kwam?!'

Tot in de nok toe had iedereen met afgrijzen het falen van de tovenaar gadegeslagen, zachtjes werd er al in de achterste rijen geloeid. Hedwigje was naar voren getrippeld en had de roerige toeschouwers gesust.

'Stilte! Zo kan de Meester zich niet concentreren.'

Ze wendde zich daarop naar zijn in luchtige gewaden uitgedoste, oogstrelende vrouwen, door wie Pradyumna zich bij elke stap die hij deed liet vergezellen, ook op het toneel. 'Weg met jullie,' riep Hedwigje boos.

Zij had het hele gezelschap, de Meester incluis, zo mak gemaakt dat het niet meer durfde te protesteren.

'Nu zal het gebeuren!' sprak ze dan met bezwerende stem en met een koninklijke zwaai van haar rokken trok ze zich tijdelijk terug.

Het applaus dat na Pradyumna's opstijgen weerklonk, gold allang niet meer hem alleen. Hij moest onze Hedwig uit de coulissen halen, waaruit ze zich schijnbaar tegenstribbelend te voorschijn liet slepen, de komediante.

Ze keek de zaal in met ogen die rond waren van zogenaamde verbazing. 'Wat heb *ikke* nou voor bijzonders gedaan?' prevelde ze naïef en duidelijk verstaanbaar. Ze stond er met neergeslagen oogjes en blosjes op de wangen bij alsof ze al bezig was geweest in de kleedkamer met afschminken en uitkleden; haar haren zwierden los om haar heen, ze was barrevoets en iedere keer moest ze ogenschijnlijk gejaagd haar adembenemende corsetje weer dichtrijgen. Het publiek raakte in vervoering door die onschuldig gespeelde striptease. Hedwig schitterde als de ster van Pradyumna's magische show, waarin zij niets anders hoefde te doen dan zich halfgekleed te vertonen. Maar ook daar is talent voor nodig.

'Ze heeft veel meer talent dan ik dacht,' zei mijn Otto goedkeurend. Hij liet vaak mijn hand los om zijn toneelkijker te pakken en wij zaten in die loge toch al bijna boven op het toneel. Maar Otto was te ridderlijk om zichzelf zelfs maar een ontrouwe gedachte toe te staan.

'Geloof je het zelf?' vraagt zuster Elpenbeen buiten

adem. Ze is al die tijd bezig geweest met lichaamsbeweging, ze heeft op haar hoofd gestaan, is over zes stoelen gesprongen, heeft gevoltigeerd op haar denkbeeldige paard en is na een radslag nu even uitgesport. Weer zijgt ze neer op haar stoel, die ze weer een stuk dichterbij heeft gezet.

'Vertel nu hoe het verder gaat,' commandeert ze. 'Boontje kwam om zijn loontje, ja toch?'

'Natuurlijk niet. Het loopt altijd slecht af, zuster, met iedereen.'

'Nou zeg, jullie ouwetjes zijn ook nooit tevreden. En je bent nog wel op het nippertje aan de dood ontsnapt.' Zij schudt haar wijsvinger voor mijn neus heen en weer maar legt de vinger ineens op de lippen, met een uitdrukking van verstandhouding op haar gezicht. Het fluiten, dat al zo lang neerslachtig en bescheiden op de gang heeft geklonken, zwelt aan, het schijnt in de buurt te komen. Zuster Elpenbeen schuift haar arm onder mijn hoofd, zij helpt mij mijn hoofd op te richten en voert mij druppeltjes honing of misschien is het niets anders dan water, op de top van haar wijsvinger. Zij heeft met haar hiel de openschuivende deur dichtgetrapt. Zij kent onze tegenstander als geen ander, dat brengt haar beroep mee. Toch gelooft zij in sprookjes.

Wat ik allemaal al niet heb gedaan om Knekelpiet op een dwaalspoor te brengen.

Al mijn rijkdommen heb ik aan de rand van de stoep gezet opdat 's ochtends vroeg zijn muil wat te schaften vond.

Onder bescherming van de duisternis van elke nieuwemaan stapelde ik voor mijn huis bergen op van vodden en vuil, waarin ik mijn kostbaarheden goed had verstopt of onherkenbaar gemaakt zodat er geen menselijke gieren mee aan de haal zouden gaan. Hoewel ik het die aardige uitdragers, die zich noemende antiquairs, die zich de laatste jaren en masse in deze contreien hebben gevestigd, natuurlijk liever gegund had. Soms voelde ik mij wel eens schuldig als ik dacht aan de weggemoffelde offers.

Otto's geschenken. Op een andere manier kon hij zich niet meer uitdrukken. Jarenlang hebben wij woordeloos tegenover elkaar gezeten. Bij elk bezoek bracht hij weer een krankzinnige kostbaarheid mee, die ik soms vergat uit te pakken. Naamloze heren leverden in doeken gewikkelde schilderijen af. Vreemdtalige sjouwers droegen historische meubelstukken naar binnen. Italianen met punthoeden op stalden ragdunne fluitglazen in de vensterbank uit en bleven veertien dagen logeren om de lichtinval te bestuderen.

Al die eens min of meer gracieus ontvangen preciosa, de onvrijwillig vergaarde schatten, de door geen verrukte ogen meer bewonderde pronkstukken zijn prijsgegeven, nooit gedragen juwelen heb ik, als betekenden zij niet meer dan knikkers, laten zakken tussen aardappelschillen en kattenbakgrit, pentekeningen en krabbels van oude meesters heb ik meegegeven in een oude, uitgelubberde matras, waar de passanten met vieze gezichten en nuffig opgetrokken neusjes aan voorbij trippelden. De oefening in onthechting viel mij niet altijd gemakkelijk.

Ik heb die fiere voorbijgangers wel eens toegekrijst dat ze zich te goed moesten doen aan mijn vroegere bezittingen, wildvreemden heb ik aangeklampt om ze te smeken of ze zich wilden ontfermen over aandoenlijke schilderstukjes die het toch ook niet helpen konden en die hulpeloos in karton en een jutezak stonden te wachten op afvoer, misschien wel vernietiging. Maar de aangesprokenen maakten zich snel uit de voeten of men lachte mij uit. Zo is dus bijna alles wat ik bezat in de bek en de klauwen beland van de gore grijp-al.

Ik had graag geruisloos en trots als een kat mijn gang willen gaan, maar daar moet je lijf wel geolied voor zijn, als je kat wilt spelen, dan moeten je armen en benen gespierd en gesmeerd zijn, haring moet je nemen, haring in het land, dokter aan de kant, en je gebit moet je indoen om op tijd te kunnen bijten, bijvoorbeeld in de appel a day keeps the doctor away, soms vind ik het allemaal zo'n moeite dat ik denk: kom maar, leg die horlepijp neer en tast toe. Desondanks, wat zal het geweest zijn, levensdrift, koppigheid, kneep ik mijzelf tegen wil en dank dagelijks leven in, wreef ik blauwe plekken in mijn poederslap vel en voelde ik hoe onder dat weke hulsel ook het skelet al zachtjes verpulvert. Maar soms deed ik braaf wat mijn doktertje zei: 'Trek een feestelijk jurkje aan, trippel voetje voor voetje het voorjaar in.' Ik, die dag en nacht bezig was om de dood een oor aan te naaien, zand in de ogen te strooien, ik die dus wel wat anders aan het hoofd had dan een feestelijk jurkje, probeerde zonder haar uit te vloeken te luisteren naar dat doktertje dat mij, door een poeha-brilletje, met haar jonge schelvisoogjes dapper aankeek; 'Trek een leuk jurkje aan en laat een kappertje je haren eens doen, ik wil trots op mijn bejaarde patiënten zijn,' zei zij, in haar spreekkamer vol verwelkende narcissen en uitvallende tulpen.

Weet zo'n meid eigenlijk wel hoe kappertjes hun neusjes rimpelen als een vies oud wijf het waagt hun salon te betreden? Zulk loos gezemel van zulke jongejuffertjes onbenul, soms kwam ik in de verleiding om doktertjes wielbanden van haar Audi leeg te stoten. Had ik kunnen doen met het dolkje van Otto dat hij me lang geleden gaf zodat ik mijzelf kon beschermen.

Als men denkt dat ik mij nu met mijn dolkje tegen mijn oude dag ga beschermen, door mijzelf overhoop te steken, wat menigeen goed uit zou komen, dan heeft men het mis.

Zo goed en zo kwaad als het ging heb ik dus in mijn goede dagen ervoor gezorgd dat de gapende muil prooi kreeg, dat de kaken van die alverslinder bleven malen zodat hij voorlopig geen tijd had voor mij.

Maar op een dag was ik door mijn bezittingen heen. Ik werd gedwongen om volgens de klassieke methode te werk te gaan.

Het was gemakkelijker dan ik dacht. Menigeen wil af van zijn medemens. Men zette de buit klaar als een gerecht dat ik alleen nog maar hoefde op te dissen. Een laatste duwtje was het enige dat er nog aan ontbrak. Een duwtje het water in, zeg maar liever: de modder in, of de drukke verkeersweg op, al naar gelang hun wagentjes gedraaid stonden. Wie is zo stout of zo onhandig, of moet ik misschien zeggen, wie is zo verstandig om invaliden, oudjes en kindjes onbeheerd op een hellende brug achter te laten? Verwanten die er geen gat meer in zien. Opgelucht was de tred waarmee ze te laat kwamen aanhollen, niets mankeerde er aan de manier waarop ze veinsden te schrikken.

Soms waren de slachtoffers mij te snel af en namen zij zelf het heft in handen, ook werden zij wel eens door anderen geclaimd, dat gebeurde, ik ben heus niet de enige die er waanideeën op na houdt.

Een droefgeestige ridder paradeerde triomfantelijk met zijn buit langs mijn huis, hij had zich meester gemaakt van een omvangrijk gedrocht, dat hij zo liefdevol bejegende als was zij zijn moeder, zijn zuster, zijn bruid. Zij had de afmetingen van een rinoceros, zij was geveld door haar eigen begeerte en kon zichzelf niet meer tillen. Zij paste ternauwernood in een jumbomodel rolstoel en haar machteloze, gezwollen beentjes staken 's zomers, als de dekens en het bont eraf waren, koddig vooruit. Zij loerde altijd met wellustige, hebzuchtige oogjes in het rond of er ergens nog wat viel te halen.

Angstvallig bewaakte zij de trommel die zij op schoot had, om de haverklap haalde zij er schuimpjes uit die ze met handenvol tegelijk in haar mond propte. Vaak was er boven op de trommel een toren gestapeld van glimmende dozen bonbons. Aan de leuningen van de stoel hingen grote netten vol delicatessen.

Zij woonde niet ver van mij vandaan. Ik heb haar een keer eerder alleen gezien, in haar rolstoel. Ik heb toen nog op het punt gestaan om maar vrede met haar te sluiten. 'Zullen wij dan maar eens naar het Rosarium om wat bij te praten?'

Maar toen lachte ze schamper en zei: 'Het Rosarium? Peest u daar tegenwoordig, mevrouw?'

Bijna alle dagen zag ik haar, die laatste winter nog in haar oude beverbontjasje en de lamme voetjes in een bijpassende beverbonten voetenzak, in haar rolstoel worden voortgeduwd door haar trouwe jong.

Als zij haar handjes niet nodig had om in de trommel te graaien, wuifde zij vaak met gracieuze armgebaren in het rond, alsof zij in de Gouden Koets zat en niet in een invalidenkar. Hij speelde glimlachend haar onderdanige dienaar.

Hij duwde het lompe vehikel schijnbaar moeiteloos voort en hield daarbij zijn wollen, gehandschoende pinken omhoog. Hij liet iedereen zien dat zijn last misschien zwaar leek, maar voor hem als een veertje zo licht was, liefde kan bergen verzetten.

Diep verzonken in het vet lag misschien nog haar eigen, ondeugend gezichtje, zij had haar dansende, gitzwarte krullen nog, maar dat was natuurlijk een pruik, vertel mij wat, ongetwijfeld een dure. Soms zat ze nog wel eens te schateren alsof ze een hoop lol had. Maak dat de kat wijs.

Als ze niet snoepte dan rookte ze. Net als ik smalle zwarte sigaartjes. Zat ik op de bank voor mijn huis dan bliezen zij en ik onze rook naar elkaar toe, alsof wij seinden: ons kent ons. Ik verbeeldde me dat er iets zegevierends in haar blik lag, omdat zij iemand had die haar duwde, terwijl ik het toonbeeld was van de van God en mensen verlatene. Ik heb in de loop van mijn leven geleerd daar prat op te gaan, maar leg dat maar eens uit aan zo'n verwend mormel als zij.

De volgevreten vorstin wilde altijd boven op de brug, mijn brug, stilstaan en rondkijken.

Het is een fraai gezicht, de welvende lijnen van de brug, het petieterige, maar daarom juist zo sierlijke grachtje dat wordt gechaperonneerd door majestueuze bomen die zich in het water spiegelen, een kolossale kastanje aan de ene kant, een reusachtige rode beuk bij het klooster aan mijn kant, ja, ik kan me voorstellen dat ook mijn uit de krachten gegroeide kersenboom en zelfs mijn huis, vaalwit en vervallen als het nu mag zijn, toch met zijn ranke lijnen en hoge ramen nog iets sprookjesachtigs heeft waar mensen door worden bekoord.

Ze zat als vanouds met haar krulletjes te schudden. Ze poogde haar lakei meisjesachtig pruillippend tot iets te bewegen, maar ik kon op mijn tuinbankje natuurlijk niet horen tot wat ze hem wilde overhalen. Hij nam de houding aan van een die zich niet liet vermurwen. Maar toen verwijderde hij zich ten slotte toch, hoofdschuddend en steeds omkijkend, naar de sigarenwinkel op de hoek. Hij had zijn moeder in de richting van de drukke straat gekeerd en een paar maal zorgzaam de rem van haar karretje gecontroleerd, aan zijn hele handelwijze was te zien dat hij zich niet op zijn gemak voelde. Maar eigenlijk nog voordat zelfs ik er erg in had – en ik loer natuurlijk op invaliden die onbeheerd worden achtergelaten – trok krullenkopje de rem los en daar suisde ze het verkeer in, dat wel paf wilde staan van ontzetting maar daarvoor is het niet oplettend genoeg, dus het denderde nog wat na over de brij en de botten.

Ik was snel als mijn oude knoken nog zijn, het eerst ter plekke. Het geweldige varkenslijf was finaal uit elkaar geploft, maar het hoofdje nog gaaf, al ontsproten daaraan de verkeerde bloedrode roosjes. Toch lag ze daar als een verwend meisje met niet meer dan een zeer knietje om een kusje van Otto te zeuren, althans dat was wat ik ervan begreep en ik kreeg nog medelijden ook en repte me naar de sigarenwinkel waar hij rustig over zijn dikke, donkere haren strijkend en maar een beetje bleek op de drempel stond. 'Je moeder ligt daar, ventje,' wees ik hem.

Hij bekeek me van top tot teen en rilde. 'U weer!' stootte hij uit. 'Altijd schiet u als de slang in het paradijs te voorschijn.'

‘Als je nou opschiet kun je haar nog een kusje geven,’ drong ik aan en ik stak mijn arm door de zijne, ‘kom nu maar.’

Maar op dat moment hoorde ik het geteem op de fluit.

‘Te laat. Hoor je de flageolet?’ Ja, wij oudjes hebben nu eenmaal suizende oren.

Ik ben Hedwigje toen maar dat kusje gaan geven, of zij wilde of niet, maar zij had niet veel meer te willen.

Het heeft nog lang geduurd voordat onze wees op mijn brug kwam staan.

Kleine Otto. Hoe vaak zag ik hem al niet langs de grote ruit van café Niemandsverdriet schuiven, een verfomfaaid beertje, vroegoud, de jas verkeerd dichtgeknoopt, altijd talmend of hij niet toch maar naar binnen zou gaan.

‘Haal die stakker eens hier,’ heb ik zelfs wel geroepen, maar het kwam er niet van.

Hoe vaak heeft hij op mijn brug stilgestaan en overwogen om in het water te springen?

Ik heb hem op het droge gesleept, onder dekking van de novemberschemer mee naar binnen gesmokkeld.

‘Je mag tegenwoordig niet zomaar meer zelfmoord plegen, ventje. Zelfdoding heet dat nu trouwens, dat is netjes hè? Maar het mag niet en je moest eigenlijk naar een kliniek totdat je belooft dat je het nooit meer zult doen. Maar van mij hoef je niet naar een kliniek, hoor. Je mag bij mij blijven. Er is toch nog rechtvaardigheid.’

Zo geruststellend praatte ik op hem in, als was ik zijn moeder. Ik werd een ogenblik treurig van mijn gezemel.

Een ogenblik schaamde ik mij. Wat een leugens en een geleuter nou weer.

Zijn eigen moeder en ik, wij hebben niets nagelaten om

hem om zeep te brengen, letterlijk en figuurlijk.

Maar het is lang geleden dat wij probeerden zijn levenslicht uit te blazen. Wij wilden hem onverwijld retourneren, wij wilden hem terug naar zijn Afzender, want hij was bij ons bezorgd aan het verkeerde adres.

Ik zie ons nog voor me, wij bestuderen met gefronste wenkbrauwen het welgevormde voorwerp dat onze zegsvrouwe de canule noemde. Het was een spuit, geschroefd op een rubberen bal, die wij volzogen met welriekend sop. Het ging er eerst allemaal onschuldig en geheimzinnig aan toe, een jongedamesspelletje. Hedwigje lag op de marmeren keukentafel, de mollige beentjes gespreid. In de duisternis bevond zich dit mislukte mannetje, en niemand wilde hem hebben, niemand! Zo erg is dat nu ook weer niet, er zijn er niet zoveel die vurig worden verbeid, maar in dit geval was de afkeer bij voorbaat zeer groot, Ottootjes komst werd als een veel te zware straf beschouwd voor een pietluttige zonde en wij waren niet van plan erin te berusten.

Alle zeepsop ten spijt, niettegenstaande mosterdbaden en kininekuren, ondanks motorritten en ettelijke metersdiepe sprongen van de trap, het belaagde wezentje klampte zich des te hardnekkiger vast aan zijn levenskoord.

Wij beeldden ons in dat onze pogingen hem daarbinnen in zijn zachte krocht langzamerhand deden schuimbekken van woede en dat hij ons vervloekte tot aan het eind onzer dagen. Hedwigje klappertandde en rolde met haar ogen, er was niets van haar wulpsheid over, haar joligheid en dartelheid waren weg en zij beweerde dat zij vanbinnen uit werd geterroriseerd. Zij legde haar gezichtje dat was verwrongen van wanhoop en pijn in mijn schoot. ‘Zou je niet willen proberen of jouw Otto met mij wil trouwen? Hij doet alles voor jou.' Ze vouwde haar poezelige handjes, alsof ze bad. 'Alles kan verder toch gewoon bij het oude blijven? Wij blijven toch altijd bevriend?' Na het huwelijk heeft mijn hartsvriendin geen woord meer met me gesproken.

Later zou ze zich verschansen in een mantel van vet.

Van onze ménage à trois is geen spaan terechtgekomen. Wat zo vrijgevochten op touw werd gezet, is ten onder gegaan aan zwijgzaamheid. Wat is het geweest, eergevoel, preutsheid, onbegrip of onhandigheid, maar wij weigerden ook nog maar met een woord over het gebeurde te spreken.

Zo nu en dan vond ik een bericht over de Meester in een krant of een tijdschrift en soms heb ik het artikel uitgeknipt en bewaard.

Ottootjes natte, door het slijk nog intenser zwart geworden haren zaten vol glibberige slierten. 'De rode vissen,' schreeuwde hij, 'die vissen knabbelen aan mijn kop.' Ik plukte de smeertroep eruit, maar hij liet mij nauwelijks begaan en ik heb overwogen om rits rats met de schaar, maar ik heb het niet gedaan, want kleine Otto had al niet zoveel en zou ik hem dan nog van zijn enige luister beroven.

Maar vroeger werd hij praktisch kaalgeschoren opdat het speelgoedbeestje wat mannelijker zou lijken. Als je goed keek en met je vingers de gele wangkwabben opzij spreidde zag je het toch nog zitten in dat onthutste, al bijna oudemannenhoofd, een verwonderd speelgoedbeestje, getooid met te veel blauwzwart haar, als een vlag op een modderschuit. Wat mij nog het meest bezeerde was die hulpeloze blik in zijn ogen. Hadden zijn moeder en ik al onze kwalijke krachten samengebald tegen zo'n hulpeloos wezen? Als hij dan zo hulpeloos was, hoe kon hij ons dan verslaan? Ja, geef daar nou eens even antwoord op. Het was gemakkelijker om zijn haar te verzorgen.

Ik heb het gekamd en drooggeblazen. 'Voor wat hoort wat,' zei hij nijdig, zoals ik niet had verwacht dat hij kon zijn.

Maar het was mij allemaal best. Ik speelde het spel wel weer mee.

Hij mocht in mijn fluwelen crapaud zitten, ik zette mij op de stoof aan zijn voeten, ik keuvelde als een theetante voor me uit.

'Ik gaf die ouwe altijd iets lekkers mee voor jou, kleine. Maar het is alweer zo lang geleden, nou ben ik vergeten waar je van hield.'

'Wij snoepten nooit.'

'Hoe kwam je moeder dan zo rond? Elke dag aten jullie taartjes.'

'Zal ik voor u taartjes halen, Isabel?'

Nou, toe dan maar, jong. In de benen, ziek en nat als je bent boodschappen halen, ga ook met mijn oude hond nog een blokje om, ontsteek daarna de vuren en veeg de vloeren.

Hij kwam terug met een halfje wit, ongesneden, maar ik geef liever mijn messen niet uit handen. Dus pulkten wij om beurten het zachte wit uit de korst, het leek op een ritueel, zoals wij daar gezamenlijk een half brood uitholden en opvraten tot er niets dan een goudglanzende, doorschijnende huls van was overgebleven.

'Nu ben je hier dan eindelijk binnen. Vroeger konden we je nog niet met geweld over deze drempel krijgen. Je gilde en trappelde. Je bleef maar op die brug staan. In het water kijken. Wat was daar te zien?'

'Ik mocht niet bij een vampier naar binnen,' zei hij verlegen.

Ik heb nog een poging gewaagd, tegen beter weten in: 'Heeft de ouwe gezegd dat ik een vampier was? Wees eerlijk.'

'U hebt het leven van mijn arme moeder vergald,' zei hij bedroefd en parmantig. 'U hebt gemaakt dat ik mijn vader moest minachten.'

Nou nog mooier.

'Zal ik je de geschiedenis vertellen?'

'Waarom? Er is nu toch niets meer aan te doen.'

'Als je hier niet komt als vriend, wat doe je hier dan?'

Hij liet zijn oogleden dalen en verschool zich ondoorgrondelijk achter de bijna donkerblauwe luikjes met de dichte, zwarte franje van Hedwigje.

'Ik hoef geen vriend van u te zijn, Isabel, want u bent een hoer en dus kan ik uw diensten kopen, dat is juist wat mij zo bevalt. Noem uw prijs maar.'

'Als je op zo iets uit bent, zoek dan liever een mooi jonkie.'

'Voor wat ik verlang heb ik geen mooi jonkie nodig,' antwoordde hij bedremmeld. 'Ik verlang naar folteringen die de dood ten gevolge hebben, maar de dood is belangrijker dan de folteringen, die kunnen zelfs wel achterwege blijven want daarvan kan ik mij alle beelden vormen die ik wens. Ik heb ook al vele soorten pijn doorstaan. Pijnen kan ik er met gemak bij fantaseren. Maar mijn voorstellingsvermogen schiet tekort bij de dood, hapert al bij het sterven. Ik kan dat niet uitstaan!' riep hij plotseling huilerig als een door en door verwend kereltje.

'Goed dan,' zei ik plagend, eigenlijk om hem in een betere bui te brengen, 'het tarief is vijf gulden en ik begrijp dat je wilt worden gedood. Dat is weer eens wat anders.'

'Vijf gulden?' schreeuwde hij. 'Kan ik hier voor vijf gulden worden verlost van het leven?'

'Ik zal mijn best doen,' zei ik zo beleefd als ik kon en zonder te lachen.

'Vijf gulden. Kijk hoe een hoer je al meteen in de maling neemt,' riep hij smalend.

'Is het weer niet goed soms? Wat wou je dan ventje? Vijf gulden toe?'

Hij sloeg tot mijn verbazing zo hard met zijn vuist op tafel dat de katten alle kanten uit sprongen, dat de woerd bijna door de ruiten naar buiten vloog en dat dappere Loekie mijn klantje greep. Met die paar tanden die nog in haar bekje staan pakte ze hem. Ik kwam niet meer bij van het lachen toen ik hem verbond. 'Dat schiet goed op, zo,' plaagde ik hem. 'Dat wordt wel tetanus en dan krijg je de verschrikkelijke doodsstrijd er gratis bij.' Bemoedigend streelde ik zijn kleine pols. Met zijn andere hand sloeg hij venijnig mijn vingers weg. Aan die andere hand droeg hij het horloge dat ik, ik weet niet hoe lang geleden, als verjaardagspresent aan zijn schertspa cadeau heb gedaan.

Wat had ik goed voor de dag willen komen. Overuren had ik ervoor gemaakt. 'Laat eens zien, je klokje.' Voorzichtig omvatte ik zijn andere hand, maar hij gaf mij ineens zo'n knal voor mijn kop dat het mij zwart voor de ogen werd.

'Ik kan er absoluut niet tegen dat ik ongevraagd word aangeraakt,' stamelde hij.

‘Ik zal geen vinger meer naar die kleine dwarsligger uitsteken, nooit meer,’ had zijn moeder geroepen, nog voor zijn geboorte. Een vertoornde godin met gebalde vuisten en gloeiende ogen. Misschien is ze deze gelofte wel nagekomen.

Toegewijder boodschappenjongen kon niemand zich wensen. Weliswaar ligt mijn huis op weg naar zijn werk, maar dan nog. Twee of drie keer per dag keerde hij aan, jarenlang. De buurt kende hem goed, was aan hem gewend als aan straatmeubilair.

Alleen mijn kroegvriendin Trees heeft in het begin een beetje gezeurd, omdat zij zich opzij gezet voelde.

‘Wie is dat toch die steeds bij je zit?

‘Een klantje.’

Hohoho, lachte Trees en toen ze eindelijk weer bij was gekomen van het lachen, stak ze haar dikke nieuwsgierige kop door het raam naar binnen, waar kleine Otto zoet op de sofa zat te wachten op de dingen die komen gingen. De oude temeier kon blijkbaar niet genoeg van hem krijgen en nadat ze was uitgekeken toonde ze toch haar respect.

‘Dat je het nog aandurft. Dat is geen makkie. Ik word al moe als ik zo een alleen maar zie.’ Zij klopte me prijzend op de rug: ‘Kom mee naar het café, ik trakteer.’

Ze dacht dat ik zo’n klantje nog nodig had voor de centen!

Behalve iedere keer trouw de vijf gulden, bracht hij de sieraden van zijn moeder mee.

‘Ik zou het heerlijk vinden als u haar ringen aandeed.’

‘Ventje, ik probeer mij van bezit te bevrijden.’

Hij keek me dan scheef, guitig zou je zeggen als je niet beter wist, van onder zijn opgeheven arm aan. ‘Zullen we al haar lievelingsdingen dan samen in de vuilnisbak kieperen?'

'Mij best.'

'Wanneer doet u papa's Breitner weg?'

'Pak maar in knul.'

'Nee, nee, eerst iets anders. Zal ik u helpen dat Lacroixbuffet naar buiten te dragen? Het is voor u alleen te zwaar.'

'Dat moet blijven want de katten wonen erin.'

'Kon ik maar een kat van u zijn, Isabel. Nee, liever nog uw schurftige hond. Nee, het allerliefst van alles ben ik uw ezel.'

Kleine Otto haalde leeftocht in huis, hij kookte, hij poetste, hij deed de was. Wij hadden elke dag schone lakens en handdoeken. De katten een schone bak, elke dag. Loeki gekamd en geborsteld, meermalen daags blokjes rond.

'Het is goed dat je je hier al zo thuis voelt.'

'Waarom?'

Ik heb hem een keer over zijn wang geaaid, terloops, niet te persoonlijk, bij elke aanraking dreigde hij immers op hol te slaan. Wij waren na een aantal jaren wel zo vertrouwd met elkaar dat hij zich soms, na een koestering, in bedwang kon houden. Op zijn lippen bijtend en zijn vuisten ballend zei hij dan bijvoorbeeld op beschuldigende toon: 'Maar natuurlijk scheer ik mij voordat ik mij in uw gezelschap begeef. Met een mesje natuurlijk en niet met zo'n flutapparaat.'

'O, je dacht dat ik wilde controleren of je je wel had geschoren?'

Snuivend, moeizaam bracht hij uit: 'Wat moet ik er anders van denken?'

Ik voelde op zulke momenten dat ik niet verder moest gaan. Een enkele keer leek hij op zijn moeder, zoals ze zo jammerlijk is geworden, even lui en onbetrouwbaar als een dierentuinbeer, alleen maar lief op veilige afstand achter de tralies.

Bangelijk bedelde kleine Otto voor het slapen gaan elke avond om slaag.

Ik hoefde hem maar een beetje stevig op zijn gebogen rug te kloppen en dan vluchtte hij een hoek van de kamer in, waar hij met het hoofd in de armen en gehurkt nog lang na bleef bibberen. Na een uurtje of zo boog ik me over het hoopje ellende heen en sprak op gespeeld barse toon dat het nu wel genoeg was geweest. Hij moest er maar weer eens vandoor. 'Of heb je wortel geschoten of hoe zit het?' Hij tilde zijn ene arm een beetje op, als afweer, alsof ik hem nu eens echt zou slaan, hij keek eronderdoor met een smekend oog en fluisterde: 'Alstublieft Isabel, nog een keer.'

'Nee.'

Hij wierp zich aan mijn voeten, knietjes hoog opgetrokken, duim in de mond, gekromd als een foetus.

Ik schopte hem omhoog. 'Welterusten.'

Kleine Otto was een bemoeial.

'Met het oog op uw gezondheid moet u geen witbrood meer eten, maar bruin,' oreerde hij en ook: 'In diepvriesgroente zijn beweerdelijk de meeste vitaminen behouden gebleven.'

Ik moedigde hem eens aan: 'Doe je best maar, kind, zo worden ook wij nog wel onsterfelijk,' waarop hij een aanval kreeg van razernij en schreeuwde dat hij geen kind was maar een oude man en dat hem het kindzijn nooit vergund was geweest.

'En dat is uw schuld,' voer hij uit. 'U hebt mijn ouders het leven zuur gemaakt. Isabel, u was als een worm in de appel.' Zijn woede vierde hij bot op zichzelf, hij slingerde zijn bril en zijn horloge in een hoek, hij scheurde zijn overhemd bij de mouwen en op de borst kapot, hij rukte aan de haren op zijn hoofd en ten slotte trok hij zijn stropdas zo onbehoorlijk strak aan om zijn hals dat zijn treurige met dons behaarde hangwangen al blauw werden.

'Nu is het uit en afgelopen, ventje.'

Kreunend van genot rolde het beertje onder mijn zachtmoedige mishandelingen heen en weer op de vloer, maar mij stroomden de tranen over de wangen. 'Rotjong, donder toch eindelijk op uit mijn leven,' ontsnapte mij tegen mijn zin. Hij scheen het als een verrukkelijke toegift te beschouwen.

Ongeacht de blauwe plekken, beurs als hij was, hinkend en wel kwam hij nog dezelfde middag, de laatste middag waarop ik hem zag, met bruinbrood en diepvriesgroente aankakken en met nagellak nota bene. Hij stalde alles uit op het dressoir en neuriede erbij, wat ik hem nooit eerder had horen doen, het klonk alsof hij gonsde van een geheimzinnige voorpret. Bijna onhoorbaar zoemde hij: 'Deze kleur met de naam Magenta kon ik niet weerstaan. Dit diepe purper. Kleur van de smart. Het doet al pijn aan de ogen als men er alleen maar naar kijkt. Mag ik uw vervaarlijke klauwen lakken, Isabel?' Hijgend kon hij nog maar net uitbrengen: 'En misschien de nagels van uw voeten?' maar bij de gedachte daaraan zakte hij zo ongeveer in elkaar en moest hij steun zoeken tegen de muur. 'Mag het? Mag het?' fluisterde hij halfhuilend. 'Uw slagpennen zijn al zo lang, straks vliegt u van mij vandaan, ik wil dat u gesoigneerd naar de overkant vliegt.'

'Weet jij wie echt kon vliegen?' hield ik hem plotseling onder zijn neus.

Met trillende handen lakte hij mijn pinken en met gebogen hoofd mompelde hij: 'Wat doet het ertoe. U hebt van mijn vader een marionet gemaakt, maar dat was misschien wat hij wenste. Maar mijn moeder! U heeft haar vermoord, terwijl ik tegen beter weten in zwarte sigaartjes voor u kocht. Ja, zij wilde per se dat ik voor u zwarte sigaartjes ging kopen en dat wij ons met u zouden verzoenen.'

Na acht jaar lang mijn deur te hebben platgelopen kwam hij voor de draad met deze onthulling. 'Verzoenen? Heeft ze je wel alles verteld? Wil je wel alles weten?'

Maar hoe ik ook zocht, ik kon de artikelen over Pradyumna nergens meer vinden. Alles was verdwenen wat ik in de loop der jaren had uitgeknipt en wat ik bij mijn weten had opgeborgen in de grote lade van het buffet.

Had ik alles in een vlaag van moedeloosheid of verstrooidheid versnipperd en misschien als kattenbakvulling gebruikt? De lade was in elk geval leeg.

'Jammer voor jou, mannetje,' voegde ik hem toe. 'Pradyumna deed vele malen een oproep aan al zijn nazaten, bekend en onbekend, om zich bij hem te voegen. Je had het heerlijk gevonden, hij woonde paradijselijk aan de rustige kant van het meer van Genève. Het is daar zo mooi. Veel mooier nog dan hier aan de Mauritskade.'

'Wat ijlt u toch allemaal? Bent u koortsig? Zal ik een paar maatjes kruidenbitter voor u gaan halen in het café?'

'Blijf hier. Ik moet nog een foto hebben van Pradyumna. Je echte vader, die zich verheft in de lucht.' Ik wist dat in de keuken, in een vergeten hoek, gecamoufleerd door lege weckflessen en roestige blikken, mijn trommel vol oude foto's nog stond.

Wij stonden beiden zo snel op dat iemand van ons in de haast het open flesje nagellak van de tafel stootte. Maar wij keken er geen van beiden meer naar. Wij stevenden tegelijkertijd de keuken binnen en begonnen te redderen en hard te praten, alsof wij daarmee onze spoken konden verjagen. Maar natuurlijk kwamen ze daardoor juist op ons af.

'Ik zal maar eens voedzaam eten voor u gaan bereiden,' schreeuwde kleine Otto ontdaan. 'Bruinbrood, een gekookt ei en diepvriesspinazie.'

'Ga eens opzij, ik wil iets onder uit dat kastje pakken.' Maar hij bleef koppig staan waar hij stond en wikkelde een voor een de kranten af van het pak bevroren spinazie. Hij deed dat uitermate traag en omslachtig, als de kleine ambtenaar die hij is geworden. De kranten werden zo zorgzaam alsof het kostbare papyrusrollen waren afgepeld, uitgespreid, gladgestreken, opgevouwen en op een stapeltje neergelegd. Onze ogen dwaalden over afbeeldingen van eendagsvliegen en achterhaald nieuws.

Toen keek van een van die verfrommelde oude vellen een oud, donker heertje met een soort tulbandje op en de glinsterende knoopjesdropogen van een levensgenieter mij aan. Pradyumna overleden, stond erboven. Dus hij was ook niet onsterfelijk, zoals hij beweerde.

'Wacht even, van wanneer is die krant?' Was het nog nodig om verder naar mijn trommel met foto's te zoeken?

Maar kleine Otto moet het bericht ook hebben gezien en misschien zelfs nog wel eerder dan ik, want voordat ik zijn aandacht kon afleiden stond hij die krant al bevend in talloze snippers te scheuren.

'En hij wist nog van niks,' zuster Elpenbeen buigt zich over mij heen, haar tandjes glinsteren vlak bij mijn keel. 'Denk erom wijfje, het verhaal moet goed aflopen anders zwaait er wat.'

Ze schudt speels, maar ook een beetje dreigend haar flodderroman heen en weer.

Ik voel hoe mijn huid bij mijn rugwervels openknapt, alsof hij te sleets is geworden om de boel nog bijeen te houden. Kon ik mijn handen maar bewegen, dan kon ik de flarden aan de wervels bevestigen, maar zelfs zo'n simpele gedachte veroorzaakt weer nieuwe scheuren en nu rafelt het vel ook boven op mijn hoofd. Het splijt doormidden, met haren en al. Zilt smakend glibbert het langs mijn gezicht, langs mijn schouders, het blijft halverwege hangen, in slappe plooien.

Ik werk me eruit. Ik ontdoe me van de sponzige lagen en stroop ze af. Ik trek mijn voeten omhoog uit de blubber en schop het waardeloze pak van mij weg.

Maar het is te zwaar en valt hier vlakbij weer neer. Dan richt het zich schoksgewijs op, alsof het vol lucht wordt geblazen. Zwaaiend op onzekere benen strekt de lege huls de armen naar zuster Elpenbeen uit.